Na Grobli

Eustachy

Rylski

Na Grobli

Świat Książki

Projekt graficzny serii
Małgorzata Karkowska

Ilustracja na okładce
Arcangel Images

Redaktor serii
Paweł Szwed

Redaktor prowadzący
Ewa Niepokólczycka

Redakcja techniczna
Lidia Lamparska

Korekta
Olimpia Sieradzka

Świat Książki
Warszawa 2010

Świat Książki Sp. z o.o.
ul. Rosoła 10
02-786 Warszawa

Skład i łamanie
Akces, Warszawa

Druk i oprawa
GGP Media GmbH, Pössneck

ISBN 978-83-247-2115-3
Nr 7888

Część pierwsza

1

Byłem kontent.

Wszelka moc rozstępowała się przede mną. Żadnego oporu, sama uległość. Imperium w szczycie swoich możliwości tylko wyostrzało moje oczekiwania. Wrażenie impetu jak by to była młodość. Pora dnia jaką wyróżniam – godzina do południa.

Niczym nieusprawiedliwione, więc tym rozkoszniejsze, poczucie przewagi, jak to się dzieje, gdy niezawodzące nas zdrowie wyłącza wyobraźnię, która mężczyzn mego pokroju rujnuje nieodwracalnie.

Na zewnątrz wata w kolorze ołowiu i żadnego horyzontu. Tak może wyglądać przygnębiająca nieskończoność, lecz we mnie nieposkromiony apetyt na przygodę.

Lubię ten kontrast.

Lubię swój apetyt i swoją pychę, bo bronią mnie przed powściągliwością, która jest zaletą tylko w oczach innych.

Jeżeli weźmiecie przykład z Waltera Nome i znajdziecie w sobie cierpliwość, by mnie wysłuchać, to zrozumiecie, że zdarza się nam czasami znaleźć w sytuacjach, Bogu dzięki, bez wyjścia. I wtedy zdajemy się na przypadek.

A przypadki bywają ekscytujące.

Na Wnukowo zajechała po mnie czarną wołgą z Litfondu. Najpierw jej się przyglądałem, gdy przecinała niekończący się podjazd, a potem, jak szła wzdłuż przegrzanej sali, rozpinając zmysłowo futro wśród nieskrywanej ludzkiej nędzy.

Tuż przed trzydziestką, z gatunku bezbłędnych.

Natura ma to do siebie, że zdarza się jej podjąć wysiłek, którego potem żałuje. Nie w tym przypadku.

Długie nogi, szerokie ramiona, wygimnastykowane pośladki, niewielka kształtna głowa. Nic się przede mną nie ukryje, znam wszystkie zasadzki.

Więc jak mówię, że doskonała, to doskonała.

Każdym gestem, spojrzeniem, uśmiechem, grymasem, smutkiem i wesołością gotowa spełnić nasze najsurowsze wymagania.

A gdybyście zapytali, co przez to rozumiem, to odpowiem, że na początku długi, miarowy, niepodległy krok, zapowiadający wszelką zręczność.

Znam jak nikt z was lekki krok dziewcząt powypełnianych tam gdzie trzeba, bez zapowiedzi tego nadmiaru, który zepsuje ich konstrukcje, gdy lata nie pozwolą go już opanować.

Mam nadzieję, Jędruś, że wiesz, co wspominam?

Piersi i pośladki?

Niekoniecznie. Niekoniecznie, Jędruś.

Wspominam jeden decymetr, nie mniej i nie więcej, który, zwieńczając zad, rozpoczyna plecy, gdyż od tego dystansu zależy strzelistość, jeżeli naturalnie powiedzie jej się z talią.

A dlaczego miało by się nie powieść?

Strzelistość nie idzie w parze ze wzrostem. To nie jest żaden nieuniknniony mariaż, ale nie ma co kryć, że lubi z nim współpracować. Tak jak ze szczupłością, niczego w tym względzie przecież nieprzesądzającą.

Nie wiesz tego, Jędruś, i wiedzieć nie możesz, skoro ma się przed oczyma twoją świętej pamięci małżonkę.

A więc dziewczyna doskonała z tą swoją długą, pospolitą twarzą zapowiadającą rychłe zordynarnienie, bo twarze z wiekiem subtelniejące nie pociągają nas w swojej młodości. Gdyby nie była Rosjanką, droga pani Heleno, to miałaby pani prawo zapytać o jej oczy, ale każdy z was wie z doświadczenia własnego lub innych, że w błękitnej otchłani rosyjskich oczu nie ma dna, więc i tajemnicy, którą ona by skrywała, a niekończące się rzęsy chroniły stepową skośność wyłącznie dla kaprysu, gdyż nie była ona posunięta tak głęboko we wschód, by domagała się kałmuckiej fałdy. Na tym bym zakończył, panie Brickner, pierwszy opis Weroniki Raniewskiej, bo Raniewska jej było, jak tej od tego, no... i, uprzedzając pana pytanie, odpowiem, że włosy jej nie szpeciły i zatrzymam się jeszcze, jeżeli nie ma pan nic przeciwko temu, na tym miejscu, gdzie szyję zamyka szczęka.

Związek z tymi dwoma organami nie ma na ogół znaczenia, jak, na przykład, szyi z ramionami, ale w przypadku kobiet strzelistych, nie folgujących sobie z jedzeniem, wykształca się architektoniczna wręcz doskonałość w pionie odnoszącym się do poziomu, gdyż jest coś zniewalającego w opozycji drapieżnej, wyodrębnionej z policzków szczęki, do kruchej szyi.

I niebezpiecznego.

Tak, tak, panie Brickner, niebezpiecznego.

Bo należała do kobiet, które budzą w mężczyznach usprawiedliwiony lęk i tym samym osamotniają się dotkliwie i w tym osamotnieniu czekają, aż blask ich zgaśnie, by zbliżyć się do człowieka, który zapomni, kim była, gdy zabronił sobie do niej dostępu.

Mam nadzieję, Leon, że rozumiesz, o co mi chodzi, gdy ci przypomnę, że z tego onieśmielenia, strachu, czasami wręcz trwogi, wyłączyć należy tych wszystkich, którzy doświadczeni przez niestałość, bylejakość, marność, przemijalność i przypadkowość życia, równają dziewczynę ze sobą w ludzkim losie, co by ją tam miało z niego wyróżniać.

I że to, co wyróżnia dzisiaj, poniży jutro. Że spogląda ona na nas z wysokości, jaka już kruszeje, że zapiera się w pięknie, które właśnie przemija, że stawia na to, co jest mgnieniem oka, że jej przewaga teraz jest tym, czym ujarzmimy ją za chwilę.

Nie powiedziałbym tego, Leon, gdybym po kilku minutach obserwacji w smrodzie i kotłowaninie ludzkiej tłpy nie dowiedział się, że lubi przemoc. Nie wspominam brutalności, tylko bezceremonialne zuchwalstwo, które nie ukrywa, że pragnie ją sobie podporządkować na zawsze lub, co dla niej niebezpieczniejsze, na nie za długo.

I na tym polegał mój kłopot podczas mego jedynego pobytu w Moskwie późną jesienią 1963 roku.

Gdzież oni nas zawieźli? Tu i tam, zapewne. Tu i tam.

W każdym razie stanąłem w „Metropolu", a bankiet odbył się, i to już nie jest takie oczywiste, w pałacyku Rostowych przy Gorkiego.

Masz rację, Walter, tam gdzie Muzeum Rewolucji.

Trzeba podstępnych Rosjan, by mnie, autorowi *Chłodnej jesieni*, powitalny bankiet urządzić w Muzeum Rewolucji.

Ale im odpłaciłem. Bóg mi świadkiem, że im odpłaciłem nieomal natychmiast.

Jak?

O tym za chwilę.

O tym za chwilę, drodzy państwo, bo teraz chcę przypomnieć kilka słów o sobie.

Wiecie zapewne, a kto nie wie, to się domyśla, jak bardzo nie gustuję we własnej substancji.

Gdybym był woźnicą, drwalem, parobkiem, żołnierzem – czemu nie. Gdybym zajmował się pracą wymagającą siły, odporności i uporu, mógłbym powiedzieć: dzięki Ci, Boże, za ciało, które mi podarowałeś, gdyż z innym bym sobie nie poradził.

Ale zostałem poetą, zajętym wszelkimi niedopowiedzeniami i subtelnościami istnienia, odkrywającym w dosłownościach życia wszystko, co się od niego odrywa, by żeglować w stronę delikatności, nietrwałości, rozkosznych smutków, nostalgii i bezużytecznego piękna.

Kiedy w odbiciu lustra nad moim biurkiem widzę połowę swego byczego łba z tą niepoddającą się żadnym pomysłom dwucentymetrową szczeciną, gdy oglądam swój kwadratowy bark z wyrastającą z niego małpią ręką zakończoną palcami, w jakich czasami z trudem odnajduję swego złotego parkera, to podejrzewam, że w historii młodego pianisty umierającego na gruźlicę w beznadziejnie zadłużonym dworku i we łzach jego bezsilnej matki, jest coś nieprawdziwego, gdyż ja nic nie wiem o uczuciach, których doświadczają oboje, o ich trwogach, nadziejach, zwątpieniach i chwilach uniesień.

Że ja nic nie wiem o gorączkach, wypiekach, od jakich pęka skóra, o nocnych potach, w których pływamy jak w cuchnącej kałuży, o porannych dreszczach, przedpołudniowym osłabieniu, mdłościach i wieczorach niosących strzępy nadziei, które tak skutecznie gasi bezsenna noc. Że ja nic nie wiem o strasznych myślach zgłaszających się przed świtem pod postacią demonów, które rozpędza dopiero brzask.

Bo cóż wiedzieć może o tym dwumetrowe blisko, żylaste, kanciaste, na swój sposób chude, a jednocześnie zwaliste ciało z kamienną twarzą o zachwianych proporcjach między czołem troglodyty a żuchwą orangutana.

Co ja mogę o tym wiedzieć, z torsem szerokości szafy na ubrania, obrośniętym od dołu do góry małpią sierścią – bądź uprzejma, Maryś, mi nie przerywać i z tą samą prośbą zwracam się do ciebie, Olu, gdybyś miała taki zamiar.

Co substancja moja ma wspólnego ze złotowłosym chłopcem o misterności figurki z porcelany i sublimacji, za jaką już nic nie ma, który nie chciał mieć już nic do czynienia ze światem, jaki nastąpił.

Co ja mam wspólnego z wydarzeniami, na jakie nie miał wpływu, z bezdusznymi swawolami losu, z absurdem wpisanym w każde istnienie?

Jaka skaza fizyczna albo psychiczna dysfunkcja upoważniają mnie, by błądzić z moimi bohaterami po nieogrzewanych przestrzeniach ni to dworu, ni to pałacu, w połowie z drewna, w połowie z kamienia, i oddawać się nieustającym marzeniom, to znaczy najniebezpieczniejszej rzeczy, jaka w ich sytuacji, bo przecież nie w mojej, mogła im się zdarzyć?

Która subtelność, wykwintność, delikatność, kruchość skłoniła mnie, żeby wzorem chłopca przemienić się w żurawia, a po latach odnaleźć w legendzie tak wiotkiej jak trzcina?

Co mnie, jakiego poznałem, łączy z szambelanem Nehringiem, z jego wstrzemięźliwością i prometejską tęsknotą za uczuciami dziewczyny z bandy Efraima Homlskiego, który nigdy nie dopnie swego?

Co wiem o konstrukcji drobnej, somnambulicznej, nietrwałej, która własnych marzeń, tęsknot, apetytów nie zamieni w żadną męską stałość, a dziewczyna wraz z czasem, jaki przez nich płynie, oddala się wbrew sobie za łąkę, za kurhan, za Dniepr, i co ja w istocie wiem o tej dziewczynie?

Czemu ciało moje, więc ja sam, bo co jest więcej, tak mnie przestrzega od żołnierzy, parobków, folwarcznych dziewek, bladzi wszelkiego autoramentu, krzepkich sukinsynów, matadorów, łowców niedźwiedzi, gangsterów z Casablanki, chuliganów, zboczeńców, inżynierów?...

Jak to się stało, że żaden z moich bohaterów nigdy mnie nie odnalazł, a jak odnalazł, to nie rozpoznał, a jak rozpoznał, to przeszedł mimo?

I nieważne, czy był to chłopiec przemieniony w żurawia, Antonina Hawryniuk zwana w stanicy Armiejskiej Paranią, nieszczęsny szambelan Nehring, Staś Ponikowski ścigający się z gruźlicą czy kochająca go bezgranicznie matka, nie znajdująca z nim porozumienia.

Nie lubili mnie, czego nie mogę powiedzieć o kobietach ze świata niewymyślonego.

Nie zdarzyło mi się napisać o żadnej z nich dobrego słowa, jednego dobrego słowa, lecz ich skłonność do mnie, ich, wybacz mi, Maryś, upodobanie w moich dosadnościach, musiało mieć związek z rezerwą moich wiotkich chłopców, limfatycznych mężczyzn, tajemniczych dziewcząt, obezwładnionych rozpaczą samotnych matek.

Kobiety ze świata niewymyślonego ofiarowywały mi siebie, przekonane, że nadejdzie ten dzień, kiedy wprowadzę je w przestrzeń mojej wyobraźni, jak by tam miał je czekać jakiś Eden. Oferta jednych była przyjmowana, innych nie, gdyż nie kierowałem się w swoich wyborach niczym innym niż kaprysem.

Oferta Weroniki Raniewskiej została przyjęta.

Do „Metropolu" zajechano po mnie przed siódmą.

Szofer i jakiś młody, nieuprzejmy sowiecki człowiek, wyraźnie bez związku z zajęciem, dla którego mnie goszczono.

Wieczorna listopadowa Moskwa była przejmująco zimna i bezludna, choć rozjarzona światłem, jakie płoszy raczej niż przyciąga.

To nie były jasności Rzymu, Paryża czy nawet Kopenhagi. To była jasność placu apelowego w obozowej zonie.

Zawsze mi opowiadano – Moskwa to tłum, a ja widziałem pustkę miasta przygotowanego na ludzki zgiełk i potrafiącego sobie z nim radzić, ale, póki co, wymieciónego z jakiejkolwiek bezużyteczności.

I ani w niej monarszego wieńca na czole groźnego

władcy, jak się upierał poeta myślałem, moszcząc się na tylnej kanapie innej wołgi niż ta, którą przyjechałem z Wnukowa, jakiejś steranej, nieświeżej, upstrzonej petami, zapuszczonej dymem marnych papierosów – ani w niej gogolowskiej poczciwości miasta, które piecze bliny, spogląda z daleka i nie wstając z fotela, słucha opowieści o tym, co dzieje się w świecie.

Z „Metropolu" do Muzeum Rewolucji, jak na Moskwę, niedaleko. W kwadrans byliśmy na miejscu.

Pałacyk – marzenie, kiedyś własność Rostowych... Razumowskich? Pewien jesteś, Walter. Niech ci będzie. Czy to nie Tołstoj wspominał o nim w *Annie Kareninie*? Otóż to, Walter. I Gribojedow, mówisz... Tak czy owak, w środku było ciepło, zapach pielmieni, szaszłyków i biełomorów.

Stoły w podkowę, w dwóch sąsiadujących ze sobą salach, wśród budionnówek, żołnierskich szyneli, mauzerów z bagnetami na sztorc, skórzanych kurtek czekistów, naganów, korespondencji Urickiego z Dzierżyńskim i obrazów z Czapajewem.

Wszystko malownicze i dosłowne.

Schodziła z antresoli tak, że widziałem ją z rogu pierwszej sali. Cóż będę ci opowiadał, Walter, Helena Kuragina, bezwstydna uroda i kurewstwo już nie kamuflowane.

Czy któryś z was, panowie, doznał kiedy tej rozkoszy natychmiastowego podobania się w ciżbie niekoniecznie gorszych od siebie? Tego sygnału, że zostało się wybranym, może nie na całe życie, ale też nie na przelotność, tylko na czas, w jakim sprawy rozpocząć się mają i dopełnić.

Rozpoczęły się od tańca. Każdy, kto okiem na mnie rzuci, ma prawo pomyśleć, że to ostatnia rzecz, do jakiej się nadaję. A pozory, jak wiadomo, mylą. Tańczę zgrabnie i wytrwale, może nie jak Otwinowski, ale jednak.

Należę do tych, którzy w tańcu nie szukają celu, lecz środka. Kobiety to lubią. Lubią być uwodzone w tańcu pod warunkiem, że nie wyprowadza się ich na manowce.

Po trzech głębszych byłem i po pierogu z kaszą. Stylowy gramofon z tubą mżył kawałkami, od których skóra cierpła. *Sewastopolski walc*, *Na sopkach Mandżurii*, *Ostatnia niedziela*, Wertyński, młodziutka Biczewska i stary Mark Bernes.

W ramionach już zdobyta, w zasadzie, rosyjska piękność, a we mnie, mimo pięćdziesiątki, ta gotowość, której nie stłumi żadne podejrzenie co do własnych możliwości, gdy chimery zwątpień suną krok w krok za apetytem.

A gdybyś mnie zapytał, Leon, czy pan, panie Brickner, o gorączkowość mego stanu, to równanie do Casanovy lub Don Juana, na przykład, byłoby całkiem chybione, gdyż nie zalęgła się we mnie obawa przed kompromitacją, za to do Rasputina całkiem uprawnione, bo zbliżające nas ku sobie konstrukcje mają to do siebie, że co jest do zrobienia – bywa zrobione.

Bo nie ma takiej gorączki, która je zapali, gdyż sednem tych konstrukcji są chłód i biologiczna pewność.

Toteż w spojrzeniu, jakim omiatałem sąsiednią salę, musiał być triumf, który nie spotkał się z aprobatą młodego mężczyzny, zwracającego uwagę swoją drobnością, nierosyjską urodą i elegancją.

Nigdy nie spotkałem tak zręcznego, szlachetnego i drapieżnego człowieka.

Mingrel, Dagestańczyk, Kabardo-Bałkar, uformowany do konia, miłości, kindżału, honoru, zemsty i lezginki.

Z tą swoją zmysłową, lekko rozkapryszoną twarzą przypominał mi Lermontowa.

Nawet zapytałem Jemielianowa w przerwie miedzy tańcami: – Czy to nie aby Miszka Lermontow między nami?

A Jemielianow ponuro, po chwili zastanowienia: – Nie prinimaju wo wnimanije, Aleksandr Joanowicz.

Przyglądałem mu się z narastającym zainteresowaniem, a on nawet nie ukrywał znudzenia i jakby przynależnej mu pogardy, i muszę powiedzieć, pani Heleno, uzasadnionej i bezdyskusyjnej wyższości, z jaką, na przykład, młodość obserwuje starość.

I jak młodość byłaby podła, a starość zacna, to pierwsza przypisuje sobie przewagę, z którą druga, zauważcie państwo, zawsze się w końcu godzi.

I choć różnica między nami nie uzasadniałaby jego całkowitej przewagi, to nie ma co ukrywać, że mógłbym być jego ojcem.

Bankiet rozwijał się w zgodzie z zasadami i osiągnął ten czas, kiedy każdy czuje się dzięki wódce, koniakom i kaukaskim winom, jak u siebie.

Gość, na którego cześć go zorganizowano, wtapia się w tło i – jeśli nie zajmie się czymś pożytecznym – pętać go zaczyna nuda lub, co gorsza, skrępowanie.

Gdyż towarzyskie serwituty zostały już, że się tak wyrażę, zaspokojone, a rosyjska gościnność, więc moskiewska pewno też, kończy tam, gdzie zaczyna się bankietowy egoizm poszukujący szansy, która może się już nie powtórzyć.

Rozmowy bezwładnieją, gwar tępieje, jedzenie im świetniejsze na początku, tym bardziej sponiewierane u końca, temperatura nieprzyjemnie się podnosi, dym papierosowy anektuje resztki świeżego powietrza, hierarchie się załamują. Alkohole budzące jeszcze godzinę wcześniej nasz niekłamany podziw, powszednieją, muzyka, od której skóra cierpła, brzmi jakoś banalnie i znajomo i jeżeli nie znajdziemy dla siebie odpowiedniej roli, jeżeli się jakoś nie ustanowimy, to los nasz tym marniejszy teraz, im więcej znaczyliśmy na początku, gdyż nic już nie kosztujące strzępy gościnności, spazmy pamięci, każą gospodarzom nas, od czasu do czasu, ożywić.

Zamiar ten wprawia nas najczęściej w panikę i chęć ucieczki gdziekolwiek.

Przykrości, jakie przytaczam, nie miały wszakże do mnie dostępu, bo chronił mnie przed nimi łatwy sen, szybkie trawienie, najpoprawniejsza osmoza, pełna kontrola nad gestem i ruchem, ta zadziwiająca mnie zawsze lojalność, jakiej doświadczałem ze strony swego organizmu, szepczącego mi do ucha: nie denerwuj się, nie buntuj, nie celebruj pustych tęsknot, nie wywyższaj się ani poniżaj, bo wiem, co dla ciebie dobre.

A kaukaski, tego byłem pewien, witeź, chwilowo bez tygrysiej skóry, z rosnącym w nim rozczarowaniem, przypatrywał się, jak piję ja równo z Jemielianowem, nie odstępuję coraz bardziej sprzyjającej mi dziewczyny, jak spaceruję wzdłuż stołów, rozdaję łaskawe komplementy nieznanym mi przedstawicielom sowieckiej literatury, muzyki, malarstwa, teatru, jak się nawet nie silę, by ukryć swoją obojętność wobec ich dokonań, jak z kwadransa na kwadrans zaprawiam się w niepodległości.

I jak, w istocie, prowokuję go do ataku bez szans na powodzenie.

Gdyż upatrzył mnie sobie na ofiarę z samego przyrodzonego mu okrucieństwa. Zobaczyć mnie chciał przebitego na wylot czerkieskim kindżałem, jak więdnę nawleczony na ostrze, jak na oczach moskiewskiej piękności, przy świadkach, pamięć mających za zawód, zwijam się z bólu i wstydu.

Niedoczekanie górala.

Ostro poszedłem ze stołeczną i dziewczyną. Niech góral wie, ile mogę i jak to znoszę. Niech doświadczy mojej przewagi, mimo tych dwudziestu pięciu lat na jego korzyść i niech z tego powodu pocierpi.

Niech się przymówi, doskoczy, wejdzie w drakę, w takt błatnych kawałków od zaułków Moskwy po Magadan, jakie zaczęto puszczać na gramofonie, niech spróbuje mnie uderzyć, powalić, skopać, niech jego kaukaska, wyrachowana i gwałtowna jednocześnie natura odda się rosyjskiemu, bezrozumnemu zuchwalstwu.

Niech się rozsznuruje.

Uznałem, że im bardziej wydam mu się zamroczony, tym szybciej uzna mnie za łatwy łup.

Więc wódkę zakąszałem błazenadą, rozbawiony przedstawieniem, jakie coraz bardziej podobać się musiało dziewczynie, gdyż nie odstępowała mnie teraz na krok.

Widać było, że witeź cierpi z tego powodu wręcz fizycznie, gdyż Raniewska pociągać go musiała jeszcze bardziej niż mnie.

Lecz kres ma wszystko. Nawet moje zdrowie.

Przyszedł ten podstępny moment, gdy bankietowa opresja gwałtownie pięknieje i wszystko miesza ze sobą.

Błatnych z Wertyńskim, Marka Bernesa z blaszaną rotą, dudniący głos Jemielianowa z falsetem jego żony, gładkie pochwały z pijacką połajanką, wyczerpanie z chojrackim impetem, zaduch, rzec by się chciało, ze świeżym powietrzem, ale świeżego powietrza nie puszczono, więc ostatnie, co zapamiętałem, to wgłębienie między twardymi piersiami Weroniki Raniewskiej, gdzie usiłowałem się rozmościć.

Magnetyczną taśmę Goszy Anuszkina z Kazacziej Biełoj Armii Russkoj Wsjechimperii, przedstawiającej ostatnie dni Stieńki Razina, usłyszałem już we śnie.

Dzwonek telefonu obudził mnie nazajutrz o cywilizowanej godzinie.

Nie miało to zresztą szczególnego znaczenia, bo dzień wstał ciemny, tak że szósta czy dziewiąta – to samo zadeszczone przygnębienie.

Jak na siebie, zebrałem się szybko, gdyż wszyscy państwo wiecie, a szczególnie ty, Walter, ile czasu potrafią mi zabrać poranne ablucje, ta cała upiorna krzątanina, by się uruchomić i pokazać, i jak bardzo zazdroszczę w tym względzie zwierzętom, które otrzepują się, przecierają oczy, kręgosłup wyginają w łuk, a potem naciągają jak cięciwę i rozpoczynają dzień. W hotelowym holu czekał na mnie ten sam nieprzyjemny młody człowiek, który przywiózł mnie na bankiet i, jak się domyślam, musiał mnie z niego odwieźć.

Herbaty napijecie się w centrali, powiedział rozkazująco, gdy skierowałem się do sali jadalnej. Myślałem o kawie i śniadaniu. Jedni po gorzale rzygają, inni dostają wilczego apetytu – należę do drugich.

Nie jadam pośpiesznie, lecz dla was zrobię wyjątek. Starałem się być rubaszny na sposób, który Rosjanie potrafią docenić, ale musiał mi się trafić oryginał, gdyż skwaszonej, szarobladej, wymiętej twarzy posłańca nie poruszył ani jeden mięsień, a gdy obcesowo zastawił mi sobą drzwi do jadalni, zrozumiałem, że poczucie humoru nie jest pierwszą cechą jego usposobienia.

Wyraz nieprzejednania w zgaszonych mimo młodości oczach odebrał mi ochotę dochodzenia, o jaką centralę chodzi i w której sprawie.

Jechaliśmy długo przez kłębiące się miasto i miałem wrażenie, że nie najkrótszą drogą. Moskwy nie znam, a jednak wydało mi się, że to nie dojazd, lecz objazd.

Jakby chciano zademonstrować mi wielkość miasta, potęgę trzeciego Rzymu, z którego na pół świata płyną połajanki, uszczypliwości, słowa otuchy, drakońskie kary i hojne nagrody.

A także, że wszelkie wywyższenie lub poniżenie, które nie przeszło przez instytucje tej wszystkowiedzącej i wszystkomogącej potęgi, pozostaje tylko żałosnym zamiarem.

Wieźli mnie imponującym i brzydkim prospektem Marksa, obok koszmarnego Dietskiego Miru, którym

Sowieci puszą się jak Hiszpanie Eskurialem, przez plac Dzierżyńskiego z pomnikiem naszego pięknego rodaka, przez plac długi i wąski, z ładną cerkwią, czyją, Walter? Jana Bogosława? Potem przez plac, jak zdążyłem przeczytać, Nogina, obok miejsca, w którym Dymitr Doński wyprowadził swe wojska do zwycięstwa na Kulikowym Polu i ładną ulicą w dół do rzeki, noszącą taką chińską nazwę, i znaleźliśmy się na bulwarze, by dwukrotnie okrążyć Kreml, od rzeki do Maneżu, od Maneżu do placu Czerwonego, od placu znów do bulwarów, odbijając po chwili na północ, do ulicy Gorkiego, której szerokość przekracza jakąkolwiek granicę rozsądku, potrzeb już nie wspominając. Wjechaliśmy na plac Puszkina – temu niech będą dzięki za wszystko, co uczynił dla poezji – stamtąd znów na południe przez bulwary, wrota, place, muzea, teatry, pomniki, obeliski, a zupełnie blisko lub w tle imperialną wartę trzymały Suworowy, Kutuzowy, Mendelejewy, Gogole, Mininy, Pożarskie ścigający się w znaczeniu z absurdalnymi pałacami z granitowych pierników, przytłaczającymi to, i bez nich, przytłoczone miasto.

Po godzinie wprowadzono mnie do wielkiej sali, i w kilkunastu pisarzach zbitych w nastroszone, niewyspane stadko rozpoznałem moich współbankietowiczów, niektórych jeszcze pijanych, teraz przypominających zziębnięte na mrozie gawrony.

Listopadowa Moskwa to przejmujący chłód na zewnątrz i upał w pomieszczeniach, gdyż wśród rzeczy działających tam niezawodnie, a nie jest ich mało, ogrzewanie centralne przewodzi.

Grzeją bez umiaru i to, co w pierwszych chwilach przyjemne, szybko zamienia się w udrękę, gdy czujemy, że od tego nie dającego się poskromić suchego gorąca wszystko zaczyna w nas trzeszczeć, niczym w starym meblu.

Sala, w jakiej zasiadłem naprzeciw moich radzieckich kolegów po piórze, na te atrakcje nie narażała.

Zimno w niej było jak w psiarni.

Dzielić nas zaczęło od razu kilkanaście metrów. Oni na jakimś podwyższeniu, ja najniżej, jak było można, na zbyt wąskim dla mnie krześle.

Młody człowiek cicho zamknął za sobą drzwi i zostaliśmy we własnym gronie.

Miałem ich wszystkich przed sobą, jak na dłoni, poranionych pijackim przedpołudniem.

– Ponura sprawa – rzekł po dobrej chwili Jemielianow.

Mimo zadanego sobie trudu, nie odnalazł dezaprobaty, konsternacji, wstydu, oskarżenia. Była w nim pełna gotowość zrozumienia sytuacji, o jakiej nic zresztą nie wiedziałem, i pisarska solidarność.

Zacząłem przypatrywać się moim gospodarzom w świetle dnia. Każdy z nich dzierżył lirę po Puszkinie, Hercenie, Gogolu, Turgieniewie, Tołstoju, Buninie, Płatonowie i kim tam jeszcze, ale jak na niej zagrać, nie wiedział.

Byli autorami opowiadań, powieści, sztuk teatralnych, poematów, elegii, liryk, które dało się czytać, które spełniały najelementarniejsze wymagania stawiane literaturze. Potrafili opowiadać, zaciekawiać, przekazywać, zaskakiwać, czasami nawet wzruszać, lecz żaden z nich nie był zdolny do kontynuacji.

Siedziałem więc naprzeciw literackich miernot. Ja, co się będę, panie Brickner, obcyndalał, ich największy żyjący pisarz, jakkolwiek by to, na pozór absurdalnie, zabrzmiało.

Ja, polski szlachcic, nie znający Moskwy i głębokiej Rosji, niemiłosiernie kaleczący ich język, ofiara ich szaleństw, fantasmagorii, bestialstw, nikczemności, trudnej do pojęcia dziczy – byłem autorem ich najlepszych powieści, opowiadań i poematów.

I oni o tym wiedzieli.

Wiedział przewodniczący temu zebraniu Jemielianow i wysoki, jak patyk chudy Iwan Suczka, siedzący po jego prawej, i młody liryk o urodzie filmowego amanta, pełen zawadiackiego wdzięku, który brak weny nadrabiał gorliwością i wydawał dwa tomy wierszy rocznie, rozchwytywanych przez zadurzone w nim pensjonarki, i Gieorgij Miller topiący niewątpliwy zmysł dramaturgiczny w wiadrach wódki, i Nastazja Kropotkina, którą z Achmatową łączył tylko grenadierski wzrost, i Froł Anieński – autentyczny przyjaciel Polski, i jej autentyczny wróg Wadim Kuzniecow, i Jurij Bałabanow, pijany jeszcze w sztok, lecz czujny jak zając, z uśmiechem zawodowego wazeliniarza przylepionym do szerokiej, lumpenproletariackiej twarzy, i kilkunastu innych, których nawet nie próbowałem zapamiętać.

Wiedzieli, że mają przed sobą najlepszego, czynnego, rosyjskiego pisarza, któremu nie dorosną nigdy do kolan, nie przerywaj mi, Maryś, a ty, Olu, bądź dobra, nie wykrzywiać się tak niemiłosiernie, i który nie potrafi ukryć mieszaniny pogardy, zniecierpliwienia, współczucia i słowiańskiego zrozumienia, jakim ich darzy.

I oni, widząc tę wyższość, droga pani Heleno, zapadli w niższość, z której nie potrafili się wygramolić, bo byli to ludzie upodleni, lecz, na mój sposób, uczciwi.

Nie było wśród nich ani jednej kanalii, gdyż przed ostatecznym poniżeniem każdego i każdą z nich chroniła ambicja bycia artystą, nawet byle jakim, i złudzenie panowania w tym wielkim królestwie rosyjskiej literatury.

Szlachetne w zamiarach było to towarzystwo.

Dlatego rozmowa poszła dobrze.

Oni, że sprawa jest ponura, a ja, że ich pierdolę, jaka by była.

Z Moskwy wyjechałem jeszcze tego samego dnia.

Nie dano mi obejrzeć Musorgskiego w Teatrze Wielkim, ani wysłuchać Chopina w Moskiewskim Konserwatorium, ani obejrzeć wyścigu kłusaków na hipodromie, ani zwiedzić pracowni Muchinej, ani poszwendać się po boksach stadniny hrabiego Orłowa. Nie wspiąłem się na wieżę Nikolską, nie przespacerowałem się Arbatem, nie rozsiadłem się w pałacu Golicynów w Archangielskoje, nie zachwyciłem jadalnią dworca Kazańskiego i, czego żałowałem najmocniej, nie stanąłem na Szosie Wołokołamskiej.

Gdy wróciłem do „Metropolu", już mnie spakowano.

Na Wnukowo odwiozła mnie ta sama czarna wołga z Litfondu, tylko bez Weroniki Raniewskiej, o którą bezskutecznie wypytywałem szofera.

A teraz to, co najważniejsze. Droga pani Heleno, umiłowany Walterze i Jędrusiu, rozkoszny Leonie, czcigodni państwo Brickner i jeszcze czcigodniejsi Adamowie z Okna, żono moja i córko – czemuż to w siedemnaście lat później, w dniu moich siedemdziesiątych urodzin, na werandzie mego ukochanego domu wspominam to nienajciekawsze i nienajważniejsze w moim życiu, w istocie już zapomniane, zdarzenie?

Co mnie, człowieka gościnnego, upoważniło, żeby zająć Państwa historią, dla której tu nie przybyliście?

Czemu ja, starzec – jeżeli to konieczne – dobrze wychowany, ciągnąłem przez pół godziny opowieść zdaniami, między które nawet ty, Leon, nie potrafiłeś się wcisnąć?

Jaka nieoględność skłoniła mnie do wystawienia cierpliwości każdego z was na taką próbę?

Odpowiedź, za kwadrans, po fetach.

2

Nie, ciociu, nie ma ciocia czego żałować. Naturalnie wyrecytował tę całą mitomańską elegię na temat swoich erotycznych przewag, tym razem biorąc za świadka Rosjankę o nazwisku Raniewska, myślę, że jakąś równą kurwę, których tam przecież nie brakuje, w kontekście, żeby było dziwaczniej, roli jaką sobie wyznaczył – największego, żyjącego rosyjskiego prozaika. Nie jest to niemożliwe, gdy czyta się to, co oni tam wydają.

Mam wrażenie, że Leon i poczciwi Bricknerowie byli zdegustowani tymi przechwałkami, szczególnie jak zaczął oddawać się swojej nowej pasji, to znaczy publicznemu przeklinaniu, co w wykonaniu mego męża pozbawione jest cienia wdzięku. Wdzięku! Nie, ciociu, nie dźwięku tylko wdzięku. Chryste Panie, jeżeli ta rewolucja poradzi sobie z telefonami, to niech zwycięży.

Naprawdę nie jest Iredyńskim.

Iredyński?

Taki pisarz.

Helenka, Jędruś i Walter zaczynają się do tych świństw przyzwyczajać, ale dla Adamów z Okna musiał to być szok.

Nie było nikogo więcej, poza tymi, których wymieniłam, mną i Olą. Zresztą to dzięki hojności Oli mogliśmy te urodziny urządzić, bo z pieniędzy to mamy głównie długi.

Nie, ciociu, nie przesadzam.

Ależ skąd! Włodkowie nawet się nie zapowiedzieli, Ania z Pawłem przysłali zdawkowy telegram, a przeorysza Lubraniecka wyjechała do Rzymu. O kolegach pisarzach, droga ciociu, nawet nie wspomnę. Bywanie u nas teraz nie jest *en vouge*. I mogę to zrozumieć. Teraz, kiedy Polska podnosi się z kolan, zażyłość z moim mężem nie przynosi łask. Jeżeli można, to się go unika. A już, droga ciociu, można.

Co oprócz tego? Najchętniej odpowiedziałabym, że to, co zawsze, gdyby to była prawda. Ale nie jest.

Spodziewaliśmy się więcej gości, więc poprosiłam Kaczmarkową, żeby wzięła sobie na te kilka dni kogoś do pomocy. Wybrała swoją bratanicę, która oczywiście kręci się po domu i obejściu. Jakby ciocia zgadła. Jakby ciocia zgadła.

Czy ładna? Naturalnie ładna, bo młoda, bardzo młoda. Nie, ciociu, na taki podwarszawski sposób. Pruszków czy nawet jego przedmieścia, można to sobie wyobrazić. Gesty, kroki, makijaż, rozmowy, strój, jeżeli to można w ogóle nazwać jakimś strojem – okropność. Ale niewątpliwie ładna.

Ordynarna i ładna.

Aleks oczu od niej nie może oderwać, a gdy go zapytałam o przyczynę tego zainteresowania, to odpowiedział, że przypomina mu Tunię Hawryniuk z *Chłodnej jesieni*.

Wyobraża sobie ciocia? Tunia Hawryniuk – wiotka, nierealna, nieokreślona, porównywana z rzecznym oparem, raz jest, raz jej nie ma. Milcząca, zdawkowa, dumna, oddana szambelanowi i rewolucji, niepotrafiąca wybrać żadnego z przeciwieństw, osaczona przez żądzę panowania tego potwora Efraima Homlskiego, porównywana z podpruszkowską, dyskotekową elegantką. Czy on na starość zwariował? Czy nie rozumie, co napisał i o czym?

Porównywać poetyczną Tunię Hawryniuk, zwaną w stanicy Armiejskiej Paranią, z bratanicą Kaczmarkowej, to stracić rozum lub, co gorsza, nie wiedzieć, co się tworzy.

Jedno i drugie w sytuacji zdarzenia, a właściwie opresji, jaką nam na koniec swego urodzinowego przyjęcia Aleks przedstawił, rzecz groźna.

O czym mówię?

O nagrodzie.

Takiej jeszcze nie dostał. Mówię, że takiej jeszcze nie dostał.

Imienia Konstantego Fiedina. Zawiadomił go o tym telefonicznie w trakcie przyjęcia ten jego mentor, opiekun i podobno przyjaciel Stefan Sapielak. Niestety, ciociu, ten sam.

No więc Związek Pisarzy Radzieckich przyznał mu nagrodę imienia Fiedina za całokształt twórczości ze szczególnym wyróżnieniem *Chłodnej jesieni*. To jak na Sowietów przyzwoita nagroda za autentyczne dokonania literackie. Ostatnio dostał ją Trifonow albo Tynianow, a wcześniej Bek, Grossman i jeszcze jakiś trzeci Żyd.

Ale wie ciocia, co jest w tym wszystkim najbardziej podejrzane? A to, ciociu, że Aleks w Sowietach nie był drukowany, nigdy.

Nie wydali tam ani jednej jego linijki. Tłumaczono go wszędzie, ale nie w Rosji.

Ciociu kochana, mówię wyraźnie, ani jednej linijki. I nagle ich najważniejszy zaszczyt. I kiedy? Teraz? Czy mogło się zdarzyć niezręczniej?

No jak to! Jest zachwycony. Dumny i zachwycony. W końcu jest ich największym żyjącym prozaikiem.

Jakby ich nie obsobaczał, nie zżymał się na nich, co by o nich nie wygadywał, został przez nich autentycznie uwiedziony. Mówi ciocia, że nie on jeden. A to dla mnie dzisiaj żadna pociecha.

Gdy mu przypomniałam, że nagrody przyznawano mu we Włoszech, Francji nawet w Japonii, to on, że nie przywiązywał do nich znaczenia. Rozumie to ciocia? Nie przywiązywał do nich znaczenia. Odbierał, przemawiał, uśmiechał się, kłaniał, stukrotnie dziękował i pozostawał obojętny. Więc go pytam, czy jest to nagroda, na którą czekał? Przez całe życie, Maryś, on na to. Chrystusie Nazareński! Całe życie? Czy to możliwe? Więc ja go aż tak nie znałam?

Bo tam się urodził, dodaje, bo zdążył zapamiętać ludzi, bo książki się tam naprawdę czyta, podziwia, kocha.

Na moją uwagę, że go wygnano stamtąd dwukrotnie, że zamordowano mu tam ojca i połowę rodziny, pozbawiono domu, majątku, tradycji, odpowiedział, że dzięki temu zajął się czymś, co robi lepiej niż gospodarowanie.

Więc jesteś kontent, pytam z nadzieją, resztką nadziei, strzępem nadziei, że może jest coś, co go zreflektuje, gdy Polska nareszcie wstaje z kolan, a on, jakby mojej nadziei nie usłyszał, że w ciągu trzech lat wydadzą mu tam jego dzieła zebrane, że z tego też jest kontent.

Tu go, droga ciociu, dopadłam i zapytałam, jakie książki chcą mu tam wydać, a on powtarza, że wszystkie. Mam cię, draniu, myślę i pytam, czy *Chłodną jesień* również, a on, że jak wszystkie, to wszystkie.

Więc go pytam, czy pamięta, co jest treścią tego opowiadania, bo czasami mam wrażenie, że zapomniał, a on mi na to zupełnie serio, że zna, mniej więcej, treść wszystkich swoich opowiadań.

Nie bardzo dowierzając, mówię mu, że nigdy nie czytałam niczego, co by było tak namiętnym, tak głębokim i tak osobistym oskarżeniem każdej rewolucji, a rosyjskiej szczególnie, a on na to, że mimo tego nie potrafi zapanować nad swoją sympatią do Rosjan.

Do tych, którzy rozgromili nasze powstania, ich męczenników zsyłali na Sybir, konfiskowali majątki, tych też?, a on mi wyjeżdża z racją stanu.

Więc nieźle już tym podminowana pytam o Trockiego, Stalina, Berię, enkawudzistów rozwalających jego kuzynów, a on tak jakoś spokojnie i okrutnie, nie, ciociu, będę się upierała przy tych słowach, spokojnie i okrutnie, no, moja droga, wielki kraj, wielkie wydarzenia, wielkie namiętności.

Po prostu historia.

Naszej rozmowie w milczeniu, jak to ona, przysłuchiwała się Ola.

Zauważyłam, że to arbitralne i głęboko nieuzasadnione rozgrzeszenie, jakiego tak lekko i tak samolubnie udzielił największym zbrodniarzom w historii, wzbudziło jej sprzeciw, wobec którego ona, tak przecież łaskawa dla słabości ojca, nie mogła przejść obok.

Powiedziała, że mówić tak nie wolno. Nie wolno tak mówić, ojcze – powiedziała tonem, jakiego u niej jeszcze nie słyszałam. – Nie wolno tego tak oceniać.

A on, jakby to nie była jego jedyna córka, jakby odpowiadał komuś, kogo mało zna i ledwo lubi: – z punktu widzenia zakonnicy – dodał, jakby to był jakiś podrzędny, peryferyjny, parafiański punkt widzenia, niewarty brania go pod uwagę.

Nie wiem, czy górę wzięło we mnie zaskoczenie, czy lęk, ale sposobem, jakim zgasił swoją jedyną córkę, wzbudził mój gniew.

A wie ciocia, co się dzieje, gdy się gniewam. Staję się zimna i uprzedzająco grzeczna. Tak, ciociu, zimna i uprzedzająco grzeczna i takim tonem pytam go o powód przyznania mu tego wyróżnienia właśnie teraz, gdy wszyscy przeżywamy te wielkie dni, podsuwając mu, nie mam zamiaru tego przed ciocią ukrywać, wszystkie możliwości, które mogłyby go dotknąć. A on, że żadnego z tych powodów nie wyklucza, każdy jest w jakiś sposób uzasadniony, lecz bierze również pod uwagę fakt, że jest dobrym pisarzem i czy przypadkiem nie to przyszło nam do głowy, gdy zadałyśmy mu to pytanie, a my, przecież nie umawiając się co do tego, odpowiedziałyśmy równocześnie, że nie, i nie wiem jak Oli, ale mnie zrobiło się natychmiast przykro, bo przecież nigdy nie wątpiłam w jego talent i znaczenie.

A on? On odwrócił się na pięcie i odszedł w milczeniu. A my zdezorientowane i, nie ma co udawać, przerażone pozostałyśmy na dole w holu, zastanawiając się w milczeniu, każda na swój sposób, jak dotkliwie ta opresja nas wszystkich porani i wystawi na bezlitosny moralny osąd, teraz, kiedy nasza ojczyzna przeżywa swój czas, jakie nas dotkną uszczypliwości, drwiny, jak w koło nas zahuczy – będę afektowana, ciociu, raz w życiu będę afektowana – śmiech pokoleń.

Czy ciocia wyobraża sobie te gazetowe tytuły, a na dole komentarze, komentarze, droga ciociu.

I dziwne, bardzo, bardzo zagadkowe, nastawiłyśmy sobie w kuchni herbatę. W domu nie było już nikogo poza naszą trójką. Aleks już w sypialni, co oznaczało, że wziął proszek, a my z Olą tuż koło ciepłego jeszcze pieca z szarzejącym widokiem na aleję zwieńczoną kamienną bramą – nie może jej ciocia, zresztą, nie pamiętać – nie odezwałyśmy się już ani słowem na temat tego nieszczęsnego wydarzenia, tylko, nie umawiając się, wspominać zaczęłyśmy równocześnie wakacje u cioci w Juracie.

Te naprawdę niezapomniane, a przecież wspominane nie w każdych okolicznościach i sytuacjach nadmorskie pobyty, kąpiele w czystym jeszcze Bałtyku, wędrówki niezaludnionymi plażami, jagody w niezaśmieconych lasach, dorsze przynoszone rano przez Sztolcmanową, ale przede wszystkim cioci gościnność w pamiętającej dobre czasy nadmorskiej willi, nie, ciociu, nie przesadzam, i te cudowne brydże, które tak bardzo Olę wciągnęły i cioci opowieści o ludziach, jacy ten wystawnie urządzony dom zaszczycali swoją obecnością lub sami bywali zaszczyceni, mogąc w nim przebywać.

Jestem pewna, że nasza wczorajsza, przecież nieumówiona skłonność do zanurzenia się w atmosferze gościnności, wakacyjnej beztroski i bezpieczeństwa, właśnie, cociu, bezpieczeństwa, wzięła się z trwogi związanej z sytuacją – a z niej nie widzimy dobrego wyjścia – na jaką naraziła nas pycha Aleksa, ukarana zapomnieniem lub, co czasami gorsze, wyniesieniem nie w porę.

Tak, ciociu, nie zapominam o tym, ale z drugiej strony – co ciocia wie lub czego ciocia nie wie – nie było to dla Aleksa trudne. On potem, jak zwykle, dołożył do tego legendę, ale sprawę rozstrzygnęła jedna rozmowa z Zambrowskim przy okazji jakiegoś przyjęcia w Belwederze i willę cioci zwrócono.

Bez złudzeń. Aleks nie pafatygowałby się w tej sprawie specjalnie. Nigdy nie lubił cioci domu, nie lubił Juraty, nudzili go cioci przyjaciele, nie znosił tych wszystkich wakacyjnych rytuałów, niepewności bałtyckiej pogody i zawsze chłodnego morza. Nie jadał też dorszy. Więc choćby z tego względu nic by dla cioci nie uczynił. To był przypadek. Zambrowski w chwili dobrego humoru załatwił to od ręki. Kiedy mu powiedziałam, że sprawa z domem w Juracie ma się dobrze, był nawet zaskoczony, jakby nie pamiętał, że rozmawiał o tym z tym strasznym człowiekiem, co zresztą prawdopodobne, bo miał wtedy okres ostrego picia i zdarzało się, że do Belwederu przywożono go już nieźle wstawionego.

Naturalnie, ciociu, to mógł być kamuflaż, ale z tego co pamiętam pijany bywał autentycznie, czasami jak bela, i nie było dla niego to łatwe, gdyż pamięta ciocia, jakie w tych latach było z niego ogromne chłopisko.

A skoro już o tym, to nie przypominam sobie takiej

obietnicy, jakiej by im nie składał i takiej, której by dotrzymał. Nie wiem, czy mu się chwali, bo byłoby przyzwoiciej, gdyby im niczego nie przyrzekał. Tym bardziej że przyrzeczenia wszyscy pamiętają, a ich niedotrzymania już niewielu.

Obym była, ciociu, złym prorokiem, ale podejrzewam, że przyrzeczenia będą Aleksowi pamiętane tym bardziej, im pewniej Polska wstanie z kolan. W tej samej proporcji ich niedotrzymania zapomną. Nie opowiadam tego z żalem. To wielkie dni, wielkie wydarzenia, najszlachetniejsze intencje i gdybym nie była żoną Aleksa i matką jego jedynej córki, nie miałabym wątpliwości, że biorę udział w czymś wiekopomnym, fakt jednak, że staję w cieniu jego wielkiej, lecz dwuznacznej postaci, zagłusza mi tę radość.

Nic na to nie poradzę, droga ciociu, taki jest mój stan ducha dzisiejszego przedpołudnia.

Czego oczekuję? Pyta mnie ciocia, czego oczekuję? Tego, co zawsze. Roztropnej rady podyktowanej przez rozum, dobroć, przywiązanie do rodziny, hart i znajomość życia.

Jak mamy się z Olą do tego odnieść? Co powiedzieć znajomym i przyjaciołom? Co Ola ma odpowiadać na pytania siostrzyczek w Iłży i czy w ogóle do tej Iłży ma teraz wracać? A co odpowiedzieć przeoryszy Lubranieckiej, jak zadzwoni z Rzymu, a przecież zadzwoni. Jak odnieść się do pytań dziennikarzy, wśród których stracił zupełnie przyjaciół? Komentować to publicznie czy nabrać wody w usta?

Nie byłam powściągliwa, czego sobie teraz nie wybaczę, gadałam zwykle więcej niż trzeba. Zdziwieni będą moją dyskrecją. I czy nie zrozumieją jej dla mnie w sposób wręcz obraźliwy.

Że kluczę, cofam się, nie mam własnego zdania, gubię drogę. Że w obliczu wielkich wydarzeń tracę kontakt z rzeczywistością.

Z rzeczywistością?

No naturalnie, że z rzeczywistością. Bo rzeczywistość jest taka, że Aleksowi przyznano przeklętą, sowiecką nagrodę w najgorszej chwili, w jakiej mogłoby się to zdarzyć, za opowiadanie, które zasługuje na wszystko, tylko nie na taki despekt. I że Aleks przyjmie ten honor z entuzjazmem, nie ukrywając przed nikim swoich nadziei, przechodząc obok wątpliwości, rezerwy, lęków, a nawet trwogi najbliższych i najżyczliwszych mu osób.

Więc jeśli ciocia pyta, w jakiej sprawie telefonuję, odpowiadam, że w najważniejszej. Niech ciocia pomyśli, że w ubożejącym domu Na Grobli są dwie samotne kobiety, matka i córka, potrzebujące ratunku, bo ich poczucie bezpieczeństwa w kraju, który nie wiadomo dokąd zmierza, minęło dno.

Znajdujemy się w wielkim niebezpieczeństwie, z jakim nie zetknęłyśmy się nawet w najgorszych czasach. Możemy go fizycznie nie przeżyć. Czy to nie powód, by zadzwonić do najmądrzejszego człowieka jakiego znamy? Proszę mi odpowiedzieć, czy to nie powód?

3

A ty, Tońka, bladź jaka jesteś, żeby za Szopena się zabierać?

Co ty masz do Szopena? Ty wiesz w ogóle, kto to był Szopen? A jak wiesz nawet, to co dla ciebie wynika? Jaka sprawa? Że do Monarcha zaglądasz? A co ty masz do niego? Do Szopena i do Monarcha?

Jeden i drugi nie twój świat. Jeden i drugi raz na zawsze poza tobą. A ty poza nimi.

Twoje drogi dwie, jak mówiłam ci na chrzcinach u Ceśki. Wysztafirować się na glanc i pójść w hotel, póki co, z tym co wiesz i umiesz, albo powtórzyć moje życie. Trzeciej drogi nie szukaj.

Moje życie to krwawa młodość, choroby w wieku dojrzałym i robota od świtu do nocy na starość. Jak były radości, to zapomniane, jak udręki, to jedna przechodziła w drugą, jak ni pies, ni wydra, to nuda taka, że człowiek tęsknił do giganta. Mąż, jak wiesz, cham sakramencki, dzieci wredność sama i daremność, sąsiedzi to podstęp, kumy, że kij im w oko. W mojej drodze lepiej pójść nie może. Jak na rzęsach staniesz, to nie pójdzie gorzej. Ale jest myśl, że żyłaś własnym życiem. Nie cudzym, Tońka, nie wymyślonym, nie zaprojektowanym ci przez kogo obcego, tylko takim, jakie doprowadziło cię do kresu, który z niego wynika.

A co do drogi pierwszej, to same niespodzianki.

Przygotuj się na złe, przy których udręki życia z drugiej drogi są niczym, ale nie odpędzaj od siebie myśli, że mogą być i dobre.

W jednym jest pewność, w drugim ryzyko. Za kurwę nędzę bym nie poszła na nie, nawet gdybym była w twoim wieku i twoich czasach. Ty masz prawo do takiej próby. Ale zapamiętaj, raz na zawsze, żeby już żadne chrzciny nie były w tej sprawie potrzebne, Szopena nie będzie ani tu, ani tam.

Wyjdź nocą przed dom, spójrz na gwiazdy, jakie dalekie, i wyobraź sobie, że Szopen jest jeszcze za nimi.

Czasami podsłuchuję, jak Monarch go gra. Pani uważa, że niedobrze, ja się nie znam, kuchta ze mnie i mnie się zdaje, że pięknie.

Są takie tony, że żebym nie wiem co robiła, przystanę.

Ale to jest, Tońka, tylko droga do Iwni, przy której babka stała. Jechała kareta w osiem koni, w galopie, a w środku lafirynda jak z obrazka, babka przystanęła, zagapiła się, rozpłakała w duszy, ale za końmi nie pobiegła. Nie zakrzyczała: doścignę, upozuję się, poznam, odjadę! Tylko wróciła do swojej motyczki, szpadla, gracków, czy co tam w ręce miała. Bo babka była mądra, jak to babka, i wiedziała, że tego Szopena, co go kareta wiozła na złamanie karku, to ona, jak się zdarzy, posłuchać może w kościele, może na plebanii, może przez okno uchylone we dworze, to Bogu dzięki, ale pogoń za nim to tylko cierpienie.

Więc jak Monarch bibliotekę ci otworzy, gdzie fortepian rozparty, zaprosi na taborecik, paluszki na klawiszach rozłoży i uderzyć każe, to ty mu powiedz, coś ode mnie usłyszała, o babce i życiu. I czekaj, aż ci odpowie.

Na próżno, Tońka. Nie ma odpowiedzi. Taki głupi to on nie jest, żeby tego nie wiedział. Bo gdyby porządny był człowiek, to by rzekł ci tak: Tęsknotę to w tobie, Tońka, uformuję, jakiej nie zaspokoisz, ani swoim, ani cudzym życiem.

Gdyby był porządny z niego człowiek, ale nie jest i nigdy nie był.

Dochodziłam Na Groblę siedem lat ze wsi, a od piętnastu jestem na stałe i wiem, co mówię, bo niejedno widziałam.

Ruja od przodu i tyłu z kim popadnie. Złe humory to bywa, że od świtu. Męki twórcze takie, że schodami czarna woda z gabinetu płynie. Przycinki bezlitostne do pani, Lutka, kij mu, Tońka, w oko, ale też człowiek, do pana Stacha czy panny Oli.

Czemu ona do klasztoru poszła?

Za moją namową, tak ci powiem, i chociaż prawda jest to tylko w jakiejś części, to ty się tego trzymaj. Nie żebyś miała powtórzyć los tej dziewczyny, starczy postawić was obok siebie i spojrzeć, ale po to, byś wiedziała, że wśród dróg do wyboru jest i taka.

Wszystkich dróg się nie próbuje, tylko się wie, że są.

W Iłży Ola – ja mogę ją tak nazywać, tobie wara – przy chorych robi.

Nie takich jak Na Grobli, Monarch zapije i kac go męczy, pani dostanie migreny, przeciąg ją przeszyje, wątroba dęba stanie albo i grypka w drzwi zastuka, tylko chorych tak, że obrzydzenie bierze patrzeć, że smród od nich ciągnie do omdlenia, że krzyki, jęki, złorzeczenia, prośby o rzeczy nawet dla Pana Boga niespełnialne, że moja robota, a i Twoja, jak moje życie powtórzysz, nie do porównania odpoczynkowa.

Ja mam uczucia, choć byś tego, Tońka, nie powiedziała, do wielu, nawet takich, od których krzywd doznałam, jak ojciec twój, a mój brat, na przykład, człowiek słaby, bezwolny, nieuporządkowany, ale i kanalia bez dwóch zdań, do Władka Kuglarza, co mnie rozprawiczył pod lasem i dziurawą zostawił, do ulicy Młyńskiej, co jeden podlejszy od drugiego i do takich, wiadoma sprawa, co im coś zawdzięczam i gdybym miała zważyć swoje uczucia, to najcięższe byłoby do Oli.

Ono by miało wagi najwięcej, bo to młoda jeszcze pani, ku świętości.

Bo ona w przeciwieństwie do mnie czy – przestałabyś się już boczyć – do ciebie, mogła wybrać. Szopena również.

Ładna była, grzeczna, pogodna, uważna na innych, wykształcona, szykowna – nic jej nie brakowało, nawet słodyczy, której w tobie, Tońka, co może i dobrze, za grosz.

Ja nie z tych, co spojrzą i wiedzą, ja potrzebuję czasu, ale jak on przejdzie, to się nie kiwnę.

Więc wiem, że Ola, z wszystkich co tu mieszkali, mieszkają, bywali, bywają, co bywać i mieszkać będą, najsurowsza.

Ona myśli, jak jest, a czasami nawet mówi, ale nawet jak nie mówi, to wiesz, co myśli i ani jej nie usposobisz, przebłagasz, przekupisz, jeśli twoja racja niepewna, bo w niej nic nie ma na handel.

Ona ci się w niczym nie odwzajemni. Nie myśl sobie, Tońka, Monarch próbował na różne wędki, kiedy zrozumiał, że dom zakonny w Iłży to nie na żarty, nie dla strachu, przekory, odbicia, tylko z powodów, których, im bardziej idzie w lata, tym więcej się lęka.

Jak ktoś chce grzechy twoje odpokutować, to gorzej niż by nie chciał. Bo nie powiesz przecież, zostaw, sam odpokutuję a ty życia używaj wedle młodości, zdrowia, wykształcenia, smaku. Przecież tak nie powiesz, skoro w tobie ani siły, ani winy, tylko to zło, co ci przypisane. Ola Monarcha przyparła tym do muru tak, że co byś tam po pozorach sądziła, on trup.

Co by tam napisał albo miał w zamiarach, gdzie by przemówił, kogo spotkał, co odebrał, czym zaimponował – on trup.

Trup, że cuchnie.

Z takiej ambony na niego spogląda, że jak by się nie zniżyła, on już jej nigdy nie sięgnie.

Wykopała przepaść, teraz może i żałuje, ale zasypać jej czym nie ma.

Zaklęła się w surowości razem z tym swoim Panem Bogiem i teraz, kto się o nią otrze, ten krwawi. A ona niby ojca unika, niby w Iłży, Na Grobli gość rzadki, ale gdzie spojrzę, to ją widzę. Zawsze wyprostowaną, milczącą, niespieszną i sprawiedliwą.

Tylko chłód taki od niej bije jak z piwnicy.

Jeśli on mnie mrozi, to jak marznąć musi Monarch, lepiej sobie nie wyobrażać.

Sprawy między nimi w napięciu i gęstości takiej, że mysza się nie przeciśnie.

Niby siebie unikają, w drogę nie wchodzą, marzenia ich nie sprzęgają, rozmowa to tylko: tak, nie, dobrze, niedobrze, jak ojciec uważa, jak ojciec sobie życzy, dobranoc, witaj, żegnaj – to każde wobec siebie na amen poustawiane i kroku do drugiego nie zrobi.

On dla niej grzechem warującym przy świętości, ona świętością przy jego występnym życiu, ale że ona odkupi jego grzechy, a on z drogi cnoty jej nie sprowadzi, to ona samarytanka najpodlejsza powyżej niego, a on największy pisarz poniżej jej.

To ustanowienie już się kroiło osiem lat temu, kiedy do Oli przyjeżdżał Olgierd Lubraniecki z Rzymu, ładny jak Valentino, nie myśl, Tońka, że dupek żołędny, jakich nigdzie nie brakuje, tylko kniaź, znaczy się książę, no co tak oczy trzeszczysz? By to podkreślić Pani nigdy inaczej się do niego nie zwracała, Monarch to wyśmiał, ale po kilku tygodniach i on w tym zasmakował.

Młodzi lgnęli do siebie jak w kinie, gdzie się nie pokazałam ze szmatą, wiadrem, wazą, tacą czy szufelką, oni tylko myk, myk i już ich nie ma, spłoszonych jak zające.

Ale jak Ola zobaczyła, że przed Panią siódme niebo się rozwarło, a Monarch aż ręce zaciera z zadowolenia i złe humory w nim hamują, to chłodnieć zaczęła i kumać się z tymi pannami, co świętość zapowiadają.

Ty, Tońka, nie myśl, że mniszka się z niej z dnia na dzień zaczęła, ale delikatnie, pomału, szczęście od siebie odpychała, rodziców, póki co, zamykając w niewiedzy, co do swego planu.

Ale to się nie mogło utrzymać w sekrecie, no bo jak? Jak? Co w życiu ukryjesz?

Popatrz, Tońka, w Unikolorze też strajkują. To tam, gdzie Ceśka teraz robi. Robi nie robi, kiedy ta blaszka robiła. W komitecie strajkowym nasza Ceśka? No to szmacie splunę pod nogi, jak ją spotkam, bo nigdy nie miałam co do niej złudzeń, ale liczyłam, że życie nie da jej okazji, by się skurwić, i będę ją mogła uważać, jak niby uważałam. Nie, nie, Tońka, zgaś radio, bo widzę, że wesołych skrzypeczków nie nadadzą.

A Ola robiła się z miesiąca na miesiąc oblejsza, wszystko ją zaczęło opływać, a najwięcej Monarch. Był jak woda wobec faszyny. Raz ona błękitna, raz żółta, raz jak w brudnym wiadrze. Porywista, wzburzona, cicha, smętna, płynie, bo nie ma wyjścia, a faszyna jak leżała, tak leży, nastroje rzeki jej obojętne. Rzeka swoje, ona swoje. Więc Monarch był jak woda. Opływał ją.

To był ten czas co teraz. Dni piękne, ale zimne, rankami szron. Chłodna jesień.

Kniaź znikł ostatecznie.

Jestem już spakowana, ojcze. Do czego, on pyta. Ona odpowiada, do Iłży.

Pierwszy krzyk, pocałunek, pieszczota pierwsza, miesiączka, pierwsza ruja, ślub, dziecko, pierwszy wybity przez męża ząb, niedomoga pierwsza, trwoga, starość, pierwsze niedołęstwo i śmierć pierwsza. Wszystko jest pierwsze.

Ale bywają też sprawy ostatnie. Iłża to była sprawa ostatnia. Czemu? A temu, że skończyło się coś, co nie miało okazji się jeszcze zacząć.

Iłża to był początek czegoś, co nie ma początku, bo w Iłży od samiuteńkiego początku jest koniec.

Czy Monarch to wtedy wiedział? Daj, Tońka, szparę zupie pod pokrywką, bo się zbiesi, i fajerkę dołóż. Na mój rozum, tak. Bo zmarzł.

Monarch zmarzł. Tyle wiosen przeszło, lat rozpalonych, że człowiek skórę by z siebie zdarł, a on okutany w te pledy.

Mało kiedy mu nie zimno.

I to nie jest zimno od starości, bo ja niewiele młodsza, tylko od pustki, a zimno od pustki jest w tobie i to, co na zewnątrz, go nie przepędzi.

Więc jak Ola powiedziała tak cicho, że ledwo ją usłyszał: do Iłży, ojcze, to on, Tońka, zmarzł. Na zawsze.

Nic go już nie ogrzeje, nawet ta ruska nagroda, o jakiej po kątach w domu szeptają. Bo w miłości córki jest też miłość dziewczyny. Więc Iłża zabrała mu obydwie. Za co? Nie próbuj go o to pytać. Ani nikogo w tym domu. Obiecujesz to albo idziesz, precz. Obiecujesz, Tońka?

4

„Kim jest ten trzeci, który zawsze idzie obok ciebie? Gdy liczę nas, jesteśmy tylko ty i ja, lecz gdy spoglądam przed siebie w biel drogi...".

A szef patrzy przez okno, w dół, jak patrzy się na coś, do czego już nie ma powrotu.

Zatrzymuję się, a on prosi, by czytać dalej.

„Zawsze ktoś jeszcze idzie obok ciebie. Stąpa spowity płaszczem brunatnym w kapturze. Nie wiem, czy jest to kobieta, czy mąż. Kim jest ten trzeci, który idzie po drugiej stronie?".

Nie przestaje patrzeć w napięciu, jakiego dawno u niego nie widziałem. Prosi, żeby czytać dalej, ale widzę, że nie słucha.

„Co to za dźwięki wysoko w powietrzu? Pomruk matczynych lamentów. Co to za hordy w kapturach jak roje..."*.

A szef – dość! Nie podoba się, pytam. Nie! – odpowiada.

To Eliot.

Wiem – szef na to.

---

* T.S. Eliot, *Elegia*, przeł. Krzysztof Boczkowski.

Mówię – szkoda.

Ale myślę, że Bogu dzięki. Bogu dzięki, że się nie podoba.

Staję za jego plecami, a na alejce do fauna cień umykającej dziewczyny.

Dobra chwila mija, nim próbuję, nie po raz pierwszy zresztą, przekonać go, że *Elegia* to zły trop, że nic tam nie znajdziemy. Że Eliot to zły trop.

Poszukaj gdzie indziej, on na to. Pytam, gdzie? A on, w *Wydrążonych ludziach*. Mówię, że to nie ma sensu. A on pyta, czemu? Bo to też Eliot, odpowiadam.

A on jakoś tak serio, lecz nieuważnie, że w tym jest problem.

Problem? Problem, pani Mario? Problem jest w czym innym. Na przykład? Na przykład w tym, że tydzień minął od urodzin, a tu cisza jak makiem zasiał. Telewizja, radio, prasa milczą. Tak, pani Mario, mówię o sowieckiej nagrodzie. Żadnego potwierdzenia. Domyślam się, że to panią cieszy, ale szefa nie. Bardzo mu na niej zależy. Czeka na tę nagrodę. Wprawdzie beneficja, jakie za nią suną, są wątpliwe, to już nie te czasy, kiedy można było zafasować za to willę w Pieriedełkinie razem ze służbą, ale jak na Rusków jest przynajmniej uczciwa.

Póki co, nie dostał jej żaden grafoman ani sługus reżimu. Nie wiem, jak im się to udało, ale wygląda na to, że przyjęcie jej nie kompromituje.

Wie pani, nigdy nie ma dobrego miejsca ani czasu, zawsze jest niezręcznie, ale popłoch, w jaki wprawiła panią ta wiadomość i niesmak siostry Oli są nieuzasadnione.

Pyta pani, czym w takim razie jestem zakłopotany?

Ano tym, pani Mario, że jedynym człowiekiem, z jakim mogę o tej podejrzanej ciszy porozmawiać, jest Stefan Sapielak, wiadomo kto i skąd. A to ostatnia osoba, z jaką mogą mnie teraz widzieć.

Nawet jeżeli nie wejdę do tego zadżumionego gmachu i spotkamy się na mieście, to jaką mam gwarancję, że nikt na to nie zwróci uwagi? Jaką mam gwarancję, że jedna z tych jadowitych żmij nie da cynku, że szwendam się po ulicach z kimś tak naznaczonym, albo po knajpach, klubach, parkach, centrach lub przedmieściach. Nawet jak uda mi się wywołać go z gmachu, to gdzie nas nie rozpoznają? I którzy? Ja się mogę zasłonić, przebrać, ale jak Sapielaka do tego namówić.

Czy te szczury, gady, psy węszące za każdym podejrzanym zapachem nas nie wytropią, nie obskoczą ni z tego, ni z owego, nie osaczą?

Gdzie miejsce, jakie mógłbym wskazać i czy zostanie mi udzielone takie prawo?

Telefon, to byłoby wyjście, gdyby zechciał go odbierać. Zgłasza się miła sekretarka, obiecuje, że połączy i cisza. Nikt się nie odzywa.

Przecież wiedzą, że nie dzwonię w swoim imieniu. Przecież wiedzą w czyjej sprawie. Myśli pani, że oni też. Nie, nie wierzę, zna pani przecież Sapielaka nie od dzisiaj. Jak to, nie. Przecież bywał Na Grobli. Nie mówię, że ostatnio, ale bywał, nawet na obiadach. Nie zawsze się to pani udawało. Nie zawsze udawało się pani go uniknąć i jeżeli już o tym, to bywałem świadkiem waszych przyjaznych, by nie rzec – serdecznych rozmów. No, jak to kiedy? Dnia nie pamiętam, ale... chyba późną jesienią ubiegłego roku, nawet na pewno. Był z żoną i synem na herbacie. Rozmawialiście państwo o wystawie modernistów w centrum Pompidou, miał uwagi, bardzo zabawne, a pani się zaśmiewała. Do rozpuku, do rozpuku, pani Mario.

Ma pani rację, po co to wspominać. No właśnie, pojechać, zastanawiam się, czym. Domyśla się pani, co teraz w tej kolejce się dzieje, a polonez na klockach. Swoją drogą, mógłby Lutek trochę o niego zadbać. Ja boję się do niego odezwać, tak ostatnio schamiał. A co to ma do rzeczy, mnie też państwo nie płacicie od roku, gdyby nie to, co dostaję z ministerstwa, to nie miałbym nawet na bilety.

Kto? Lutek? Miły? Sama pani w to nie wierzy. Taki miły jak ta dziewucha z Pruszkowa, która przyszła do pomocy Kaczmarkowej. Ten sam styl.

Straszna, po prostu straszna. Wczoraj gary zmywała, trzepiąc sztucznymi rzęsami. Myślałem, że rozpadnę się ze śmiechu. Musiała to zauważyć i zacięła się w takim gniewie i takiej chęci odwetu, że aż ciarki przeszły mi po kręgosłupie.

Celne określenie, pani Mario, dobiera się do nas przedmieście. A to, póki co, początek. Nagroda? Nagroda Fiedina? A co tu może być jeszcze gorzej. Ani gorzej, ani lepiej. W Moskwie? A kto powiedział, że w Moskwie?

Jest już w wieku, który pozwala mu wybierać. Naturalnie, siedemdziesiątka daje pewne prawa. Jak się uprze, to pojedzie. No, do Moskwy. Z nim? Ostatnio rzadko mnie ze sobą zabierał, nawet jak chciałem. Lutek z nim jeździł, jakieś indywidua ze Związku, jakieś kreatury z ministerstwa, ja nigdy. Nie rozumiem? Wynagrodzić? Co, mianowicie, miałby mi wynagrodzić? Pani chyba żartuje. Nie mogę z nim jechać do Moskwy. No, jak to dlaczego? Pani mnie o to pyta? Chryste Panie, niechże mnie pani nie straszy. Nie pomyślałem o tym. Do głowy mi to nie przyszło. Pani Mario, droga, kochana pani Mario, gdyby nagroda się miała potwierdzić, a on by się uparł, że do Moskwy, to niechże mnie pani przed tym obroni.

Ja w żadnym wypadku, z nikim, w żadnej sprawie nie mogę jechać teraz do Moskwy. Teraz ani w najbliższej przyszłości.

Niech Lutek jedzie. On mocny chłop. Tam trzeba biegać, załatwiać, kufry dźwigać, gorzałę doić, Rosjanki macać, on powinien. Gdzie mnie do tego. Przecież to wystarczy spojrzeć.

Droga pani Mario, błagam, gdyby coś, ja zostaję. Niech mi pani to obieca. Może wziąć Lutka albo kogokolwiek, ale nie mnie. Przez wzgląd na naszą przyjaźń. Przez wzgląd... Przecież nie chce mnie pani skrzywdzić.

Pojadę do Warszawy, odnajdę Sapielaka, umówię się z nim, gdzie mi wskaże, zapytam, co z Fiedinem, jeżeli potwierdzi, że aktualne i że w Moskwie, jedzie Lutek, on szofer, więc jak znalazł, ja zostaję, żeby nie wiem co, bo się zabiję i będę po nocach straszył jak amen w pacierzu. Pani mnie zna, ja u państwa dwunasty rok sekretarzuję i pani wie, co u mnie znaczy desperacja. Przecież ja życie dopiero zaczynam. Niech pani tego nie lekceważy, nie zbywa, nie bierze za fanaberię. Ja panią zaklinam, jeżeli Moskwa, to beze mnie.

Tak się umawiamy. Pani Mario, czy możemy się tak umówić?

5

„Był w świecie, którego już nikt nie rozumiał. Wszystko stało poza nim, nawet Tunia Hawryniuk,
zwana w chutorze Armiejskim Paranią, choć ją do zapomnienia przeznaczył, ostatnią.
Na ostrej, jakby jednowymiarowej twarzy tego obcego człowieka, złożonej, miało się wrażenie,
z dwóch profilów, zapadał mrok.
Przestał nawet rozkazywać, oddany tylko sprawie, która powędrowała w niebiosa, by się w nich skończyć, i jak niektórzy podejrzewali, krępej
nogajskiej klaczy, wynoszącej go z najpodstępniejszych opresji.
Kruk go już nie opuszczał. Pewnej nocy zbliżyli się do długiej i nawet jak na te
strony głębokiej rozpadliny.
Wprowadził klacz między piołuny i zatrzymał nad krawędzią. Pochylił się nad szlachetną,
nogajską głową i spojrzał w dół.
Co też szykuje mi nicość – zapytał siebie – gdy wciągnął w nozdrza zapach popiołu.

Scytyjska kołyska, zawiadomił go kruk w odpowiedzi.

Usłyszał jazdę idącą ku niemu stępa w srebrnej ciszy. Ucieszył się , że nie ma odwrotu.

Młodość nie zatrzymywała już w nim zmęczenia, ranga go obezwładniała, sława nie miała się już gdzie rozejść, a nagan nie cieszył. Sprawdzał przygodę, w której już nic nie będzie zależało od niego. Sprawdzał inną przygodę. Zmęczony złem, znudzony czynami, nie czekał zwycięstw, przegranych, trwania, nietrwania, bo to, co ludzkie, go zawiodło. Ciasno zrobiło mu się we własnej skórze. W wieku lat trzydziestu pięciu starość zaczęła wyzwalać go z młodości, na którą już nie miał pomysłu. Był gotów na ostateczność. Jestem więc u celu, pomyślał, gdy kruk ostrzegł go po raz drugi i ostatni. Scytyjska kołyska, Efraim".

To ten człowiek? Jesteście tego pewni? Chryste Panie, wierzyć się nie chce.

Jak, ile to już lat temu, przyszedł ten klarys do emeszetu z moskiewskiej ambasady w sprawie bankietu przy Gorkiego i tego, co się na nim wydarzyło, to powiem wam, towarzyszu Stefan, że aż mnie wzdrygło i wtedy poprzysiągłem sobie, że co by było i kiedy, to mnie od tej sprawy trzymać macie z daleka.

Bo to nie moje zagadnienie. Bo w temat jestem niewprowadzony i stawiam mu opór.

Mieszanie się w kwestię, sine qua non, że się tak określę, gdzie Ruskie już namieszali, nikomu jeszcze na zdrowie nie wyszło.

A co jest ważniejsze od zdrowia?

Teraz szczególnie, jak się wszystko chwieje i pryncypia są podważane.

Będzie ono nam potrzebne, Bóg jeden wie, na jak długo i w jakich niedolach, więc po co mu poprzecznie na drodze się rozkraczyć. Po co mu, że się tak określę, bruździć. Wchodzić teraz z Ruskimi w klincz, to zdechnąć z braku powietrza. Czy wy wszyscy tego nie rozumiecie?

Spotykam Pierwszego w korytarzu nie dalej jak wczoraj, dopiero co odlanego we wspólnej, bo rozpór zapinał i się trochę zanieczyścił, wiecie, towarzyszu Stefan, taki demokrata z powodu okoliczności. – A temat Sewerynowicza pilotować roztropnie, Pałka, bo to duża rzecz. – Duża rzecz? To jest duża rzecz? To, coście mnie przeczytali, to jest duża rzecz?

Przecież to ni pies, ni wydra.

Co znaczy, scytyjska kołyska? Kołyska to przecież, towarzyszu Stefan, mała, a ta rozpadlina jak studnia. Otchłań, mówicie, bez dna. Na co on się zasadza? Z czym się mierzy? Po co zaraz taki zamach? Nasi mędrcy to albo szczyty, albo otchłanie. Jakby pośrodku nic nie było. Nie lepiej prościej i po ludzku? A klacz jaka? Wyście są ze wsi? Jak wszyscy? No bo ja tam tego nie ukrywam i wiem, że koń to koń. Swoją drogą, od stycznia biorę rolnictwo. Mam to już przyrzeczone. A wy, towarzyszu Stefan, zostaniecie, że się tak wyrażę, na odcinku.

Więc jak? Z powodu tych kilku zdań taka inicjatywa? Przecież śmierci się to dopomina, bez dwóch zdań.

I to nie wtedy, tylko teraz.

A mało my mamy kłopotów? Ja nie wiem, o co się rozchodzi Ruskom, takim owym, tym i tamtym, z nagrodą czy bez. Fiedin Konstanty, kurna felek. Inteligencja. Z powodu tych kilku zdań, a niechby i stu, przecież będę stał przy swoim, bez sensu, ale nawet gdyby, to co to za bicz?

Sami żeście powtarzali, gdzie trzeba i nie trzeba, że za dużo słów, za dużo ostatnio słów i tu się akurat z wami zgadzam, więc po co nam jeszcze dodatkowe?

Nie dalej jak we czwartek, z rana, operatywkę międzywydziałową prowadzę, wstaje Radłowski i od razu, bez przyznania głosu, jak u siebie. – Nim przejdziemy do zagadnień, towarzysze, kilka zdań na temat dużej rzeczy, którą służby nasze rozpracowują, ma się rozumieć, w dyskrecji międzyresortowej.

No i ta *Jesień...*, że chłodna. A jaka ma być, jak jesień.

Że co? Że to pozostaje? Na zawsze? A żłóbek nie pozostaje? A huta? A osiedle mieszkaniowe? A idea nasza, co nie ze słów jest zbudowana, tylko z czynów.

A wy, towarzyszu Stefan, tak na moje oko jesteście wzrostu towarzysza Moczydły, może tylko mniej spasły, to co? No, jak to co... Wy w aparacie od dawna?

Jakeście przeszli pode mnie miesiąc temu nazad, to mimo że była duża parafa ze strony egzekutywy i operatyw po linii, zapytałem Pierwszego o was, a Pierwszy taki spłoszony. Towarzysz Stefan Sapielak, wiadoma to rzecz, a Radłowski nie pytany na stołówce. Pierwszy go pilotuje z nierozpoznanego ramienia, wschodni wiatr go niesie na mojego czuja, urlopy w Liwadii z automatu, raz w roku, pałac carów, albo i częściej, funkcjonariusz bez bagażów, ale neseser mucha nie siada, jak to mówią, prima sort, co w środku, wedle domysłu, życiorys, że paluszki lizać, do centrum sedna wymierzony, z dużym wałem wobec okoliczności, ogólnie pistolet, ale zabezpieczony. Biuro też go kojarzy.

Jak by się was o coś bali. Tylko o co?

Coś prowadzicie na boku? Czemuś się wyłamujecie? A może już żeście wyłamali? Z Ruskim kombinujecie? A ten wschodni wiatr to wieje, nie wieje, wieje? Bo mówią, że zachodni.

No dobrze, sine qua non, gdybyście się nachylili do mnie na ucho, to bym wam powiedział informacje. Jużeście się nachylili? Nie widzę. A, teraz tak.

Od jutra ostro idziecie na zastępcę członka. Na skrót, w poprzek, bez głosowania. W organizacji duże niezadowolenie pacyfikowane bez miłosierdzia. No, co wy na to, jako pistolet zabezpieczony. A może niezabezpieczony?

Jak byście się pochylili jeszcze niżej, to bym uściślił.

Hostia nie może być czarna. Woda nie może być winem. Mszy nie czyta się na wspak i nie może do niej usługiwać kobieta. I nie wolno jej kończyć o północy. Są zasady. Pistolet nie pistolet, są zasady.

Więc jak?

6

How it appears to us is always how it is. Tak zawsze mawia żona szefa, gdy podejrzewa zmianę na niekorzyść. – Jest zawsze tak, jak nam się zdaje. – Sytuacja nas rozczarowuje, choć dokładamy wszelkich starań i nie tracimy ani chwili. Wiem, co ryzykuję. Staram się i nie możecie tego nie docenić. Nigdy nie przyszłoby mi to do głowy, panowie porucznicy, choć mogło. Tak właśnie to traktuję, bo rozumiem, że jest coś za coś, choć mógłbym nie rozumieć.

Nie zhardziałem. Znacie mnie na tyle, by wiedzieć, że nie leży to w mojej naturze, choć mogłoby leżeć. Macie dużo szczęścia, panowie porucznicy, choć moglibyście go nie mieć. Czemu się więc dziwię? Bo dotychczas nie musiałem się powtarzać, żaden z panów nie odbierał mi prawa do złudzeń i nie spotykaliśmy się w aucie. Jestem tego pewien.

Jak? Już to mówiłem, jak w filmie. Kilkakrotnie. A w tle, panowie porucznicy, dziewczyna.

Niestety, bardzo ładna. Czemu niestety? Bo jednocześnie ordynarna. Toksyczne połączenie.

One teraz nie zawsze go słuchają. Zdarza się, że robią

coś, czego on nie oczekuje, a nawet ranią go swoją samowolą, i sądzę, że mniszka jest w tym bardziej zawzięta, ale kiedy szef krzyknął: dość, to się zreflektowały.

Nie wiem, kilka dni temu na werandzie. Rozmowa zaczęła się od wistarii na południowej ścianie, że się nie przyjęła.

Trochę trwało, nim zwiędła, powiedziała mniszka, a pani Maria uczyniła gest świadczący o nietrwałości.

Jaki? Jaki gest?

Nie potrafię go powtórzyć. Taki, jakim opisuje się coś, co nim rozkwitło, zwiędło, umarło, nim się urodziło, oczy zamknęło, nim zdążyło je otworzyć.

Ptaki już nie śpiewają, zauważyła też pani Maria, a mniszka na to, że o świcie słyszała kosy za domem, a pani Maria, że o świcie to był już pierwszy przymrozek i zwracając się wyraźnie do mnie, jakby coś miało od tego zależeć, zapytała: – A pan, panie Stachu to zauważył? Odpowiedziałem, że budzę się później i przymrozku już nie było, ale słyszałem za domem kosy.

Szef się tak jakoś rozmarzył, mniszka to zauważyła, i powiedział, że w hucie Warszawa robotnicy rozpoczęli bezterminowy strajk i że jak tak dalej pójdzie, to cały kraj stanie, za co Bogu trzeba podziękować i że w Unikolorze też się nie poddają, a pani Maria dodała, że w Zakładach Mięsnych ogłosili pogotowie.

Wtedy szef wyrżnął kułakiem w stół aż porcelana poszła i krzyknął: Dość!

I one zamilkły. Natychmiast. Bez ociągania, jakie towarzyszą zwykle takim reakcjom, tylko jak nożem uciął, a po kilku minutach pani Maria wróciła do wistarii, ale w Sawczynie. Sawczyn? Na ciepłym Podolu, za Dniestrem. Bo to wyżej było zimne a to niżej ciepłe.

Bez związku z sytuacją? Nigdy tak do mnie nie mówiliście. Jestem tym skrępowany. Chyba nie chcecie, żebym się poczuł niezręcznie.

Co szef na to? Że do Sawczyna po raz pierwszy przyjechał w czerwcu trzydziestego szóstego, całą noc konno, wzdłuż rzeki, bo były upały.

Tak jak powiedziałem. Ani Cisa, ani Czeremosz.

O świcie zameldował się na miejscu. Pani Maria na to, że nie spodobał się jej ani trochę, za duży, za kanciasty, za seksualny, a szef, że kobyłka była zmachana. Co to ma do rzeczy, ojcze, na to mniszka z jakąś taką źle ukrytą pretensją.

Zapytałem, czy wzdłuż Dniestru, bo rzeka tam meandruje, nie to, co Zbrucz czy Seret, a szef, że cały czas w dół, ku Transylwanii. W inną strefę, w inne światło. Jakie światło? Ostrzejsze. Więcej czerwieni i fioletu a przy końcu lata – złota. Tak właśnie powiedział, więcej czerwieni, a jak błękit to błękit. Inna strefa.

Jak się patrzyło przed siebie, to przestrzeń była niewiarygodna i przejrzystość taka. A w ludziach siła i ten szczególny rodzaj podniecającej gotowości do występku, a nawet okrucieństwa. A w pejzażu, mimo kategorycznej urody, nostalgia.

A ponieważ południe, to wiele śmierci wokół, ale jak już życie, to życie.

Inna strefa, inne światło.

Przedsmak Ukrainy. Powiedzieć można, przystawka przed daniem głównym.

– Kobyłkę w Równem kupiłem, od Cygana – rzekł szef, jakoś tak do siebie. – Zabiedzona, lecz zręczna, tanecznica, innochodka, sam ogień. Nazwałem ją Sammantha. Klacz marzenie. A pani Maria, że z tym Cyganem to blaguje i że nie nazywała się Sammantha.

Pewno nie, zgodził się szef, i dużo w tym było pokory.

Miała zerwane nogi i nie była innochodką, a szef z jeszcze większą pokorą: – Pewno nie, Maryś, pewno nie.

I nie jechałeś nocą wzdłuż Dniestru – tym twardziej pani Maria, im łagodniej szef.

Widzę, że tylko upał się zgadza – na to mniszka.

Co mam powtórzyć? Byłbym wdzięczny, gdyby panowie... Tak powiedział. Nie wymyśliłem tego. Niczego nie wymyślam. Nie po to jestem sekretarzem, by coś wymyślać. Jesteście zdenerwowani i, proszę mi tę uwagę wybaczyć, napastliwi. Nigdy tego nie było. W końcu sprawuję się jak zawsze.

Powiedział o podniecającej gotowości do występku, nawet okrucieństwa. Użył słowa podniecającej, odnosząc to do gotowości.

A jeżeli już o tym mowa, to w pewnym momencie pan Aleks podniósł się energicznie z trzcinowego fotelika i zrobił kilka szybkich kroków w stronę ścieżki prowadzącej do kamiennej bramy, którą oddalała się dziewczyna, jakby chciał za nią pobiec, dogonić ją, coś jej powiedzieć, ale ona przepadła za drzewami. Szef wrócił na swoje miejsce z takim wrażeniem nadaremności. U Eliota, którym nie wiem zresztą po co się zajmujemy w obliczu naszego wielkiego dzieła, jest taka myśl, że każda piękność... Nie rozumiem? A o jakich chujów panowie pytacie? Towarzysz? Który towarzysz? Pałka? Pierwszy raz o nim słyszę. Sapielak? Kilkakrotnie. Trzy, cztery razy. Na Grobli. Tak, bywa czasami Na Grobli. A tego nie wiem. Nie biorę udziału w tych rozmowach. Bo to konfidencja, do jakiej nie jestem dopuszczany. Zgadza się. Dlatego nie wiem, ale nawet gdybym wiedział, to nie powtórzę, bo to nie jest w zakresie naszej umowy, panowie porucznicy. A co wiem?

Że z lasu ptak się odezwał. Mniszka zapytała, co to? A szef, że wilga, która się zagapiła i nie odleciała z koleżankami na południe i już się więcej nie odezwał do końca dnia, zakotwiczony, mam wrażenie, bezsilnie na tym swoim ciepłym Podolu, w przejrzystych świtach, południach z mgiełką gorączki, wieczorach nasłuchujących bandur, w nocach pachnących lipą i czereśniowymi sadami, między rzekami, wzgórzami schodzącymi ku dolinom obsadzonym winoroślą, między jego cieniem a blaskiem, pustką a obecnością, czułością a zimnem w nostalgii podszytej przemocą wobec życia, jakby go tam było za dużo.

Wilga? Czemu panów interesuje nagle wilga? To ptaszek nieduży i pospolity. Musiała umilknąć. Tak, umilkła tuż potem, kiedy zrobił to pan Aleks.

Wilga umilkła.

Część druga

7

No dobrze, dosyć tych uprzejmości, chce pan przejść do konkretów, bardzo proszę. Jestem człowiekiem aparatu i konkret to mój zawód.

Ale nim tak się stanie, nim ustalimy, co, jak i kiedy, jestem zmuszony ponudzić pana tym, co zna pan gruntowniej ode mnie.

Zapytam o *Chłodną jesień*. Cóż to, mianowicie, jest za opowiadanie?

Odpowiedzi jest wiele, każda w zasadzie słusznie schlebiająca maestrii tego utworu. Ale ja powiem coś, czego się po nim akurat, w powszechnej opinii, nie spodziewamy.

Chłodna jesień, czcigodny mistrzu i drogi panie Aleksandrze, to opowiadanie, jakiego nie napisano w Rosji. I nasi przyjaciele o tym wiedzą.

Wiedzą, że to jest historia, której tej wspaniałej literaturze brakuje.

Bez ekstazy szambelana Nehringa, który w imię własnej dumy ją w sobie unicestwił, bez biologicznej, zwierzęcej miłości Antoniny Hawryniuk, zwanej w stanicach Paranią, która, uzmysławiając sobie uczucie nie w porę, bez celu, bez zdolności jakiejkolwiek nad nim kontroli, zamienia je w obojętność, bezwzględność, a na końcu okrucieństwo u boku swego złego ducha, anarchisty Efraima Homlskiego, który w chaosie, furii i wrzasku prowadzi ją ku nicości, bez apokaliptycznego zła, niewyobrażalnych cierpień jednych i rozdokazywania drugich i tego, co we wszystkich rebeliach wspólne, poczucia nieodwracalnej beztroski, bez sekundującej temu zdumiewającej urody świata – ta wielka literatura jest skaleczona, ułomna i niezamknięta.

I nasi przyjaciele o tym wiedzą. Wiedzą też coś, czego inni się zaledwie domyślają, że takiego opowiadania napisać im nie było wolno, komu ono by przyszło do głowy i kiedy.

Pana podejrzenie, że jest pan ich najlepszym współczesnym prozaikiem, nie znalazłoby potwierdzenia w sądzie żadnego z nich, ale też nie ma tam takiego grafomana lub geniusza, którego apetyt na *Chłodną jesień* zaspokoiłaby jakaś inna potrawa.

Wiedzą też, że nie było, nie ma i nie będzie dyspensy, jaka by to umożliwiła, nawet gdyby objawił się tam talent, który z tą historią by sobie poradził.

Czcigodny mistrzu i drogi panie Aleksandrze, oni nie mają co do tego wątpliwości i nie ma tam takiego zakutego łba, takiego Jemielianowa, Iwana Suczki lub, nie przymierzając, Kuzniecowa, upierającego sie przy czymś odwrotnym.

Dlatego też najbardziej cenioną przez nich nagrodę literacką, przeznaczoną wszakże tylko dla swoich, postanowili raz jeden, niechże mnie pan dobrze zrozumie, raz jeden, przyznać pisarzowi nierosyjskiemu i nieradzieckiemu.

Za nienapisaną przez nich książkę.

Mają z tym problem. Mają z tym wielki problem. Gdzie indziej by nie mieli, ale nie muszę panu tłumaczyć, czym dla nich jest literatura.

To nie jest nagroda dla pana, panie Aleksandrze, to jest nagroda dla *Chłodnej jesieni* przyznana w desperacji i wstydzie, bez związku z wydarzeniami w Polsce.

Zażenowanie, że *Chłodną jesień* napisano poza Rosją, nie w diasporze, nie na jakiejś tam emigracji, wygnaniu, tylko poza narodem, przestanie im dokuczać, kiedy inkorporują tę wielką historię do własnych dziejów, pana, czcigodny mistrzu, pozostawiając na zewnątrz.

Nie zabiegają o pana, nie wydali tam panu nigdy jednego zdania, oni zabiegają o *Chłodną jesień*, napisaną przypadkiem, poza nimi.

Zawiodą się. Srodze się zawiodą.

Czemu?

Bo jej pan nie przyjmie.

Nie przyjmie pan nagrody literackiej imienia Konstantego Fiedina, która w ZSRR jest jedynym honorem nieodrzucalnym, i uczyni to pan więcej niż ostentacyjnie.

Taka jest opinia towarzysza Pałki z Wydziału, który temat z ramienia Organizacji pilotuje i całej w zasadzie egzekutywy, a nawet, ale to już w największej konfidencji, Biura.

Na nasz sygnał zawiadomi pan rezydentów wszystkich możliwych agencji prasowych, z nieprzyjaznymi nam na czele, o swojej decyzji, bez podania przyczyn.

Taka jest opinia towarzysza Pałki, Organizacji, egzekutywy, sekretariatu, Biura i moje najgłębsze przekonanie.

Tu, Na Grobli, w pana pięknym, choć ze wstydem przyznaję, zaniedbanym domu, ja, Stefan Sapielak, syn kolejarza z Małkini, przysięgam, że podzielam ideę tego pomysłu.

I że nie podjąłbym się tej trudnej, kłopotliwej i dwuznacznej misji, gdybym nie był do niej przekonany.

Proszę nie protestować i wysłuchać mnie do końca.

Zadam panu pytanie, które tylko pozornie może się panu wydać bez związku z naszym przedsięwzięciem.

Zapytam o Nadsona, Jerzego Nadsona, czy pan go znał, czytał, rozmawiał z nim? Czy go pan jeszcze pamięta? Wspomina? Czy pan do niego wraca? A może pan z nim koresponduje?

Nie?

A to mnie pan zaskoczył. No, proszę...

Tylko pan o nim słyszał? Swego czasu?

To dziwne, bo on pisał o panu dużo i dobrze, by nie rzec – entuzjastycznie, szczególną uwagę poświęcając *Chłodnej jesieni*, nim wyemigrował z Polski.

W którym? W sześćdziesiątym ósmym. Wtedy też przejąłem po nim katedrę, lecz na krótko, bo uczenie studentów nie było moją pasją.

A co do Nadsona, to opuścił nasz piękny kraj późną jesienią 1968 r. Długo się ociągał, w końcu wyjechał jak oni wszyscy do Wiednia, potem jak większość z nich do Izraela, potem jak niektórzy do Ameryki, na końcu, jak nieliczni, osiadł w Paryżu.

Trochę pisał, trochę wykładał, trochę przemawiał, a jak, w zgodzie z poetyką towarzysza Pałki, bida dobrała mu się fest do tyłka, to poszedł po rozum do głowy i zaczął pracować na dwa fronty. Dla nich i dla nas.

Przekazuje nam informacje, stosując inną poetykę naszych statystów z egzekutywy, takie, wicie, duperele, duperandrony i dupersznyty, ale jedno, co można powiedzieć bez sarkazmu, że nie zawiedliśmy się na nich ani razu. Są z dobrych źródeł. Ma niezawodne kontakty w środowiskach, do jakich nie mamy dostępu.

Wiadomość przekazana nam kilka dni temu ma właśnie taką zaletę, bez wady jej peryferyjności. Jest prawdopodobna, nieoczekiwana i najważniejsza.

Jesteśmy nią poruszeni, na tyle, na ile to niezbędne – podejrzliwi, i na tyle, na ile to nieuchronne – ufni.

Ostatnie przeważa, nie dlatego, że takie jest oczekiwanie, tylko taka logika zdarzeń.

Od lat kilkudziesięciu się w tym zaprawiamy, dlatego wiemy, gdzie usadawia się zamierzony lub niezamierzony błąd.

Nawet gdyby żadna z dotychczasowych informacji Nadsona nie znalazła potwierdzenia w faktach, to tę najważniejszą, jaką nam przekazał, potraktowalibyśmy serio, bo bierze się ona z natury rzeczy.

O czym rozmawiamy?

O innej nagrodzie.

Tak, czcigodny mistrzu i drogi panie Aleksandrze, w tej chwili nie mówimy już o nagrodzie Konstantego Fiedina.

Frak? Pyta pan o frak? Czy ma go pan sobie sprawić? To dziwne, ale sądziłem, że wisi on w pańskiej szafie gotowy na taką okazję.

A swoją drogą, nic panu nie przychodzi w takiej chwili do głowy poza pytaniem o frak?

Bo gdybym ja był na pana miejscu, zapytałbym o kilka rzeczy ważniejszych niż frak.

Pańskie pytanie o frak to odpowiedź na niepokojącą mnie możliwość, że pan nie zechce przyłożyć się do tego, o czym w tej chwili opowiadam.

Więc niech mi wolno będzie w pana imieniu zadać kilka pytań, na które spróbuję odpowiedzieć.

Czy jest pan jedynym kandydatem?

Nie, panie Aleksandrze, jest was czterech, każdy na swój sposób niepowtarzalny, ale tylko pan ma w rezerwie cios, który nokautuje. Oni, co mieli zadać, zadali.

Są ciosy ustawiające, osaczające, osłabiające i kończące, pan, czcigodny mistrzu, zada ten ostatni, bo tylko pan nim dysponuje, trzymając go wszakże do ostatniej chwili w rezerwie.

Pyta pan, czym jest ta rezerwa? Odpowiadam – nieoczekiwanym prezentem od naszych potężnych przyjaciół.

Żaden z trzech pańskich kontrkandydatów nie otrzymał dwa tygodnie temu najpoważniejszej radzieckiej nagrody literackiej, którą mógłby ostentacyjnie odrzucić.

Pan to robi i przy porównywalnym znaczeniu literackim wychodzi natychmiast na czoło.

Staje się pan faworytem. A faworyt ma prawo do wszystkiego, nawet do pytania o frak, choć wolałbym usłyszeć to, które w pańskim imieniu pozwoliłem sobie zadać.

Nim zadam kolejne, pan mi odpowie, czy mogę w pańskim gabinecie zapalić papierosa, jeżeli jest to extramocny bez filtra? Taki proletariacki papieros zatruwający skutecznie organizację, wydział, egzekutywę, komisje. Jeżeli coś nas łączy z naszymi wrogami, to właśnie te papierosy, bo oni trują się dokładnie tym samym jadem.

W pytaniu czwartym zawarta jest odpowiedź. Nagrodę Fiedina odrzuca pan tego samego dnia, w którym się pan o niej oficjalnie dowiaduje z prasy, radia, telewizji.

A teraz, pozwoli pan, że przejdziemy do kwestii delikatnej.

Odrzucenie nagrody Fiedina to naturalnie afront, jakkolwiek byśmy oceniali intencje, które wyznaczeniu pana na laureata towarzyszyły, więc ma pan prawo, nie mówię, że tak się stanie, ale ma pan prawo ujrzeć w tym niebezpieczeństwo.

W końcu obydwaj znamy pamiętliwość naszych wielkich słowiańskich braci i ich skłonność do okrutnych odwetów nawet tam, gdzie to nie jest konieczne.

Jestem po rozmowie z attaché kulturalnym ich poselstwa – tylko do niego udało mi się dotrzeć, nie przyjął mnie nawet ich sekretarz, co zaświadcza o naszym zawstydzającym upadku w ich oczach – i nie odniosłem wrażenia, by mieli się poczuć tym boleśnie ugodzeni.

Naturalnie to ich nie cieszy, lecz nie odrzuca pan w końcu nagrody leninowskiej, tego by nam nie wybaczyli.

Z nieprzyjęciem nagrody Fiedina się pogodzą, gdyż

czas nie rozpędził w nich jeszcze żalu do jej kapituły za kilka decyzji niezgodnych z oczekiwaniami aparatu.

Mówiąc najprościej, pewien mocno koncesjonowany zakres suwerenności, jaki Związek Pisarzy ZSRR w sprawie Fiedina sobie przyznał, jest przyczyną, dla której Centrala i jej potężne agendy popierają ją warunkowo.

Zdawkowość protestu będzie sygnałem dla kapituły, że swoje interesy chroniłaby lepiej, gdyby w wyborach była ostrożniejsza.

Powiem otwarcie, panie Aleksandrze, protest będzie stanowczy, lecz wyłącznie formalny. Rozczarowanie głębokie, lecz wolne od retorsji, gdyż taka reakcja leży w tej chwili w interesie naszej, że się tak wyrażę, kurii rzymskiej.

Żeby było jasne, odrzucając nagrodę Fiedina, nic pan w praktyce nie ryzykuje, ale o tym nie wiedzą ludzie z komitetu noblowskiego ani wszelkiego sortu komentatorzy zachodni, gdyż nie mają pojęcia o niuansach imperium i nie są świeżo po rozmowie z attaché kulturalnym ich ambasady w Warszawie.

Potraktują to jako decyzję heroiczną.

Nic w praktyce nie ryzykując, stanie się pan bohaterem w ich oczach, a przy okazji w oczach tego niedojrzałego narodu, z którego fantasmagoriami, póki co, musimy się liczyć .

Mechanizm zadziała, zamek zaskoczy i rzeczy zostaną przesądzone.

Czcigodny mistrzu i drogi panie Aleksandrze, znam pana zbyt długo, by liczyć na odpowiedź natychmiastową.

W pana pięknym, choć ze wstydem przyznaję, nieco zaniedbanym domu, w pana wysokim gabinecie wśród portretów przodków, medali, ryngrafów, kilimów i białej broni, panu nie wolno odpowiedzieć nic innego, niż to, że się pan zastanowi.

Ja tylko ośmielę się nalegać, by pański namysł nie trwał za długo, gdyż od jego zakończenia zależy rozpoczęcie operacji, której początkiem będzie ogłoszenie, gdzie się da, radosnej wiadomości o przyznaniu najszlachetniejszej nagrody literackiej, jaką honorują pana nasi niezawodni przyjaciele ze wschodu i jak bardzo ten gest pięknej solidarności doceniamy.

Bo nie ma nic wznioślejszego niż w ciężkich terminach nie zawieść się na przyjaciołach.

O, przepraszam, wypadła mi na podłogę taka ciężka rzecz. Jakiż niezręczny ze mnie człowiek, wszystko mi z rąk leci. Co to jest? Zgadza się, panie Aleksandrze, nagan. Kaliber 7.62, jak Pan Bóg przykazał. Wie pan, od miesiąca się z nim nie rozstaję, chociaż nienaładowany. Nie gustuję w broni, nie strzelam, nigdy nie byłem w wojsku, ale Organizacja zasugerowała... no właśnie. Wypada mi to w najmniej odpowiednich momentach. Dobrze, że nie jeżdżę tramwajem. Do tego u nasady kolby napis wygrawerowany po polsku; od przyjaciół czekistów.

Też mi przyjaciele.

A pan, czcigodny mistrzu, lubi nagan?

8

Mam to samo wrażenie. Chyba już w ogóle przestał sypiać. Zasiedliśmy o północy, światło zgasło przed trzecią. Jestem tym już zupełnie wykończony, ale staram się mu tego nie okazywać.

Zwierzył mi się z obrazu, jaki go od pewnego czasu odwiedza. Nic szczególnego, pani Mario, ale przy jego możliwościach...

Widzi prostokąt słonecznego światła na jasnej podłodze, w którym tak lubią układać się psy i koty, widzi za otwartymi drzwiami połowę werandy obrośniętej dzikim winem, jeszcze z kropelkami porannej rosy, widzi glicynie, których nie pamięta z domu swego dzieciństwa ani z żadnego innego, jaki by mu przyszedł do głowy. Lekki wiatr przynosi zapach łopianów i rzeki, lecz musi ona płynąć za gąszczem porozrastanych leszczyn. Słyszy wilgę z lasu lub parku i wiadra na koromysłach. Domyśla się upału, jaki jest w stanie wykluć tylko wielki, równinny kontynent.

Lekkie kroki młodej kobiety przyspieszają i gdy już je czuje w tej części werandy, której ze swego miejsca nie może zobaczyć, gdy nabierają pędu nie do wyhamowania, gdy on rozwiera ramiona, żeby ją w nie złapać, wszystko nagle zamiera, by po chwili powtórzyć się od początku. Kobieta, dziewczyna, dziecko biegną i nie dobiegają, on czeka z rozwartymi ramionami i się nie doczekuje.

Zagadkowa jest ta nieprzekraczalność granicy między pokojem, jakiego on nie może opuścić, a werandą, której nie jest w stanie przebiec ktoś, kto go tak wyraźnie pożąda.

Nie wie, co ich tak wzajemnie powstrzymuje.

Dowiedzmy się tego, szefie, ja na to. Pójdźmy dalej i się tego dowiedzmy. Ten obraz to przyczółek, musimy się na nim umocnić. Spóbujmy jutro pójść z tym dalej, nic nie ryzykujemy.

A on? A on to co zawsze. Jutro, w południe, kochany Stachu, wrócimy do Eliota. Nie mam już sił do tego Eliota, ręce mi opadają, ale jaki mam wybór? On jest tu szefem.

A co przyniósł dzień?

No więc, pani Mario, godzinę temu wróciłem z Warszawy. Kolejka, jeśli to panią interesuje, jest tej jesieni doświadczeniem może i wiekopomnym, lecz trudnym do zniesienia.

W takich chwilach podzielam opinię szefa, że to nie żadna insurekcja tylko regularny bunt motłochu, jakich w historii nie brakowało i brakować nie będzie.

W każdym razie z perspektywy warszawskiej kolejki dojazdowej tak to wygląda.

Nie, pani Mario, nie chcę pani urazić i w tym, co mówię, nie ma żadnego zamiaru.

No więc w PEN-nie mówią, że jakiś Polak załapie tej jesieni Nobla. Jak Boga kocham. Jeżeli w PEN-nie, pani Mario, to literackiego. Ma się rozumieć.

Udało mi się też doczołgać do Christiana Langa z France Presse. Ma fragmentaryczne informacje, nic szczególnego nie potrafił mi powiedzieć, był wręcz enigmatyczny, ale kilkakrotnie wypowiedział nazwisko niejakiego Nadsona. Kto to? No ten Nadson? W tej sytuacji chyba ważne. Więc niejaki Jerzy Nadson opublikował niedawno artykuł na temat pisarstwa pani męża w „Cahiers de Littérature"...

Przepraszam, pani Mario, czy to jakiś wernisaż? Pytam o buty, jakie pani wystawiła przed domem. Dziewięć par, nieźle. Można wiedzieć, w jakim celu?

Wiem, że to buty szefa, niektóre nawet rozpoznaję, ale co one robią na tym słońcu? Opalają się? Nie, nie, przepraszam... No więc Lang przypomniał sobie, że jedenaście lat temu wspomniany Nadson podczas wykładów w Saint-Nazaire poruszył bardzo studentów anarchistycznymi i nihilistycznymi tendencjami w prozie pani męża, nazywając go polskim Gide'em.

Nawiązał również do filozoficznej zbieżności jego konstatacji z tym, co de Montherlant zawarł w *Port Royale*.

W rok po studenckich rewoltach, które zatrzęsły Francją, zostało to źle przyjęte i poproszono Nadsona, by tych wykładów zaniechał. Ciekawe? Jasne, że ciekawe.

Tych półbutów nie znam i tych też nie, a te wysokie to chyba jeszcze z partyzantki. Mówię, że z partyzantki. Pani Mario, przepraszam... ale to wygląda...

Co jeszcze powiedział Lang? Powiedział jeszcze, że z tego, co wie, Nadson jest w bliskich stosunkach ze Svenem Nybergiem z Komitetu Nagród Nobla i że ten Nyberg jest gościem, z którym bardzo się wszyscy liczą.

Lang powiedział, że te stosunki są być może szczególnie bliskie, tak bliskie, że w niektórych sprawach Nadson mylić się nie może.

Słucham? Odrażające? No tak, znam pani pogląd na tę odmienność, ale pani zna mój i pozwoli pani, że się nie oburzę.

Nic więcej z niego nie wyciągnąłem.

W Sztokholmie? No... nie wiem, chyba w lakierkach, ale bez bliku. W tej galerii? No może te spiczaste, ale trzeba by z nimi do szewca, przecież one nie mają już prawie obcasów, szczególnie prawy.

Mówię, że do szewca.

Z nikim więcej. Lang dał mi telefon do swego kolegi z Göteborga, który pracuje w Polsce jako tłumacz, ale tak małomównego Szweda to ja jeszcze nie spotkałem.

Nie, pani Mario, nie rozmawiałem z nikim więcej, ale mogę pani powiedzieć o rozmowie, której stałem się mimowolnym świadkiem.

Otóż w drodze powrotnej, już za Komorowem, dwie uroczo wyglądające starsze panie dzieliły się refleksjami na temat gałęzi, na jakich zawisną komuniści i ich sługusy, szczególnie dużo uwagi poświęcając konarowi, na jakim zawiśnie pani mąż, zważywszy na wzrost i wagę. To były dwie urocze starsze panie, które znamy pewnie z sąsiedztwa, którym się kłaniamy, z którymi działa pani zapewne w niejednym komitecie, które spotyka pani na cotygodniowych sumach u mądrego i łagodnego jak baranek księdza Kantorskiego i które podnoszą nas na duchu, kiedy do głowy przychodzi myśl, że wśród naszych pobratymców nie ma już dobrej, starej, polskiej inteligencji.

A tu proszę, pani Mario, w podmiejskiej kolejce z tak miłej i osobistej okazji.

Gdyby zechciała pani pokrzepić szefa dobrym słowem, to będzie jak znalazł.

Zechce pani?

9

Gdybyś na chwilę przestał kosić, Aleks, to miałabym okazję powiedzieć ci coś, o czym przed godziną dowiedziałam się od Stacha i co mnie tylko utwierdziło w moim zaniepokojeniu. Tak, Aleks, gdybyś na chwilę przestał kosić.

W ogóle nie wiem, co to za idiotyczne zajęcie, szczególnie w tych najważniejszych dla ciebie dniach.

Kto kosił? Tołstoj.

A ja myślę, Aleks, że ty kosisz z zupełnie innych powodów. Poza wszystkim Tołstoj miał co kosić, a ty raczej nie, już nie wspominając, że umiał.

Uważam, że koszenie tych chwastów tylko je rozzuchwala. Zostawiłabym je Kaczmarkowej. Chęchy? Zawsze były chwasty. Kto je tak nazwał? Tunia?

I o niej właśnie chciałabym z tobą pomówić, gdybyś na chwilę przestał wymachiwać tą nieszczęsną kosą.

Otóż twój sekretarz godzinę temu poinformował mnie o czymś, co już, w żadnym wypadku, nie może się powtórzyć..

W końcu to jest również mój dom.

Prawdę mówiąc, nie rozumiem, co ta dziewucha tu nadal robi, miała przyjść na dwa dni, żeby pomóc w przygotowaniu twoich urodzin, nie była, jak się okazało, potrzebna i nie jest nadal, ale powiedzmy, że z jej bezsensownym u nas pobytem się w ostateczności godzę, to nie godzę się... To niegrzeczna uwaga, Aleks. Nie. Wyobraź sobie, że się nie przyzwyczaiłam.

No właśnie, więc twój sekretarz Stach zawiadomił mnie przy okazji rozmowy na zupełnie inny temat, że dziewucha, nie wiem czemu nazywana przez ciebie Tunią, bo ona sama przedstawia się Tońka, poprosiła Stacha, by skombinował dla niej, tak to wyraziła, skombinował egzemplarz *Chłodnej jesieni*.

Na pytanie, po co, odpowiedziała, żeby przeczytać. Na pytanie, czemu chce to przeczytać, odpowiedziała, dlatego, że to o niej. Na pytanie, za kogo się w tym opowiadaniu uważa, bratanica Kaczmarkowej odrzekła, że za Antoninę Hawryniuk, zwaną w chutorze Armiejskim Paranią.

Nie wymyśliła tego, Aleks. Ktoś jej to musiał podpowiedzieć.

Nie wiesz, kto?

Pamiętasz, jak rozpocząłeś swoje opowiadanie. Nie pamiętasz? Nie wierzę, ale ci przypomnę. Jest czerwiec 1917 roku nad rzeką, wiorstę od chutoru Armiejskiego. Tuż po świcie, lecz opary nie umknęły jeszcze słońcu, ścielą się tu i tam. Antonina Hawryniuk obraca się w prawo tak głęboko jak to tylko możliwe, żeby pierwszym cięciem kosy wprawić się w ruch i nauczyć ciało tego wahadła, by zasmakowało w rytmie. Padają jej do nóg pierwsze trawy, kwiaty, osty. Uruchamia w sobie młodość, siłę, energię, które wyczerpie dopiero upał. Pozostawia za sobą swój zapach i jakby go skąpiła stepowi, co jakiś czas odwraca głowę przez ramię i wciąga go w nozdrza sposobem, jaki zauważają i zapamiętują inni.

Wczoraj obserwowałam z okna bratanicę Kaczmarkowej, robiła dokładnie to samo, gdy twoją kosą ścieliła chwasty na klombie. Skąd u niej ten charakterystyczny gest? Gdzie go podpatrzyła?

Wiesz coś o tym, Aleks?

Posłuchaj mnie uważnie. Od tego, jak przeprowadzisz swoje sprawy w ciągu najbliższych dwóch tygodni zależy byt nas obojga, byt twojej jedynej córki, zachowanie domu, ogrodu, oranżerii i tego fragmentu parku, jaki jeszcze pozostał, to znaczy zachowania tego, czym byliśmy, być może jeszcze jesteśmy i czym ewentualnie możemy pozostać.

Od tego, jak poprowadzisz swoje sprawy, zależy zachowanie twojej pozycji artystycznej i tym samym obywatelskiej w czasach, jakie nie będą ci sprzyjać, a przede wszystkim pamięci o sobie jako pisarzu i być może, być może, Aleks, nie najgorszym człowieku.

Jeśli nie zachowasz ostrożności i minimum zdrowego rozsądku, to pogrążysz nas i siebie. Jeżeli pamięć o nas przychodzi ci z trudem, zrób to, co zawsze było dla ciebie łatwiejsze, zajmij się sobą.

Przekonywanie prymitywnej dziewuchy z przedmieść Pruszkowa, że ma coś wspólnego z bohaterką twego najlepszego opowiadania jest hańbą dla tego dzieła i wielką, wielką, Aleks, nieostrożnością, bo to, co Tońka powiedziała Stachowi, może powtórzyć innym.

A inni nie muszą być tak powściągliwi jak twój sekretarz i wypaplą to, gdzie się da.

Jak to, co?

A to, że materią twoich utworów nie jest boski depozyt otwarty dla bardzo nielicznych, tylko substancja byle jaka, przypadkowa, dostępna wszystkim, nie niosąca ze sobą tajemnicy, nie odnosząca się do zagadek bytu, paradoksów historii, tylko brana jak leci z tego, co pod ręką.

Że doszukiwanie się u ciebie emocji przywoływanych z głębi umierających światów, z ich pejzaży, namiętności, nastrojów, fantazji jest zajęciem jałowym, gdyż są one z miejsc ordynarnych, uczuć pospolitych, wrażeń pouzależnianych od byle czego, ludzi powszechnie dostępnych, jak, na przykład, Tońka Kaczmarek z Psianki pod Pruszkowem.

Że ten niepowtarzalny, dziki rytm, jaki sprzęga i rozprzęga twoje dzieła, nie jest zapamiętany z ukrainnych stepów, z najdalszych dali, z Dniestru, Dniepru, Donu, scytyjskich kurhanów, sewastopolskich piasków, z zapachów Czarnego morza, tylko z tego, co udało ci się podpatrzeć z okien kolejki dojazdowej między Regułami a Komorowem.

Że niepowtarzalność dziewczyny nie bierze się z ciężkich włosów, sennego spojrzenia, pozłacanych ramion, kształtnych, wysokich piersi, cierpkiego zapachu ostnic, tego nigdzie indziej nie spotykanego kolorytu, wymieszania zdrowia ze smutkiem, impetu z rzewnością, nieuwagi ze skupieniem, tylko przypadkowym kaprysem jakiejś, pożal się Boże, Dulcynei, kiedy w odruchu litości ustąpiła ci w kolejce miejsca, a ty to zapamiętałeś.

Chyba nie chcesz, by się tak stało?

Przerwij na chwilę to nieszczęsne koszenie i odpowiedz na moje pytanie.

Rozumiem cię, Aleks, też bym milczała.

Gdybyś oddał mi na chwilę kosę, to miałabym okazję coś ci zaproponować. Gdybyś na moment... Dobrze, zaproponuję ci to bez kosy.

Miejmy to już za sobą, Aleks.

Zadeklaruj temu okropnemu człowiekowi, którego masz za swego kompana i mentora, że przyjmujesz jego warunki i pozwól mu ogłosić, że jesteś laureatem nagrody Fiedina, a następnie dotrzymaj słowa i ostentacyjnie tę nagrodę odrzuć.

Miejmy to już za sobą. Przecież już się zastanowiłeś. Minęło pięć dni i podjąłeś trudną dla siebie decyzję. Dokonałeś wyboru. Pokrygowałeś się i wystarczy.

Miejmy to już za sobą, Aleks, i czekajmy na nagrodę wartą twego opowiadania, bez emocji, że najbliższy nam komitet obywatelski zabierze nam dom i przeznaczy go na ochronkę, przedszkole, lazaret czy coś równie niezbędnego.

Pięć dni to szmat czasu. Ile można się oszukiwać? Znam cię. Jesteśmy ze sobą czterdzieści lat i widzę, jak cię to udawanie wyczerpało.

Więc odstaw kosę i zdecyduj się mieć to już za sobą. Proszę cię, odstaw kosę.

Słyszysz, co do ciebie mówię, Aleks?

Odstaw kosę.

10

A na czym ma stać, kiedy uszczelka spod głowicy wyjebana?

Na dachu?

Bryka to ma do siebie, że stoi na kołach albo na klockach. Aktualnie jest na klockach, póki nie znajdzie się flota, która pozwoli jej stanąć na tym, do czego przywykła.

Jak by z ciebie, sekretarz, nie była taka ciota, co jesteś, to byś wiedział. I wiedziałbyś, że Lutka to popędzać można, kiedy pozór jest, a jak go nie ma, Lutek ma być nie niepokojony.

Panie Luteczku najmilszy, cóż to za sprawa z naszym automobilem, że pan Stach do Warszawy kolejką musi się udać?

A goń się, raszplo sakramencka, i od Lutka odwal, bo ci kiedy dołoży.

Nie dość, że polonez na bilet wzięty, bez przeglądu przedkupnego, no bo wszystko w popłochu, to nigdy floty nie było, by go podkurować, tylko jeździj i jeździj.

Zamęczyć Lutka razem z polonezem, no to zamęczyli.

Lutek z tego wyjdzie, ale ten rzęch to już raczej przepadł.

A ty, sekretarz, to na jaką prośbę do Lutka przychodzisz, raszpli czy starego?

A może tego pingwina, co tak dobra obchodzi jakby gromnicę połkła.

Ogólnie benka była, a nie jest, więc dygacie, każdy w swoją stronę i jak umie, jeden przez drugiego, i nadziwić się nie możecie, że Lutek na boku.

A kiedy nie był? A teraz zależy z kim na boku, a z kim w środku.

Bo się zmieniło, nie?

Bo Lutek pokumany teraz, jak Pan Bóg przykazał, a wy na aucie takim, że jak was wybić to tylko w siatkę.

Gdybyś był z jakiegoś miejsca, co je w ogóle można sobie przedstawić, to byś sytuację wyczuł, ale ty, sekretarz, nie obraź się, gnój masz jeszcze za paznokciami i słoma ci z glanów sterczy.

Jak się nazywa ta twoja wiocha?

Iłża?

No tak, przypominam sobie, dwa lata temu starego i raszplę do pingwina wiozłem. Najpierw na Radom, a potem to już jeden chuj wie, gdzie.

Raszpla do mnie, panie Luteczku najmilszy, może by zapytać kogo, po co tak błądzić. Idzie baba poboczem, pytam, ni chuja. Piany jadą, zwracam się grzecznie, ni chuja. Psów zatrzymuje, też w polonezie, tyle, że szarym. Iłża? – się dziwią. Co, kurwa, za Iłża?

Nikt nie wiedział. Ledwo na mapie znalazłem, bo małymi literami.

I słusznie, bo wiedzieć coś trzeba o miejscach, które na to zasługują. Jak, nie przymierzając, Lutka strony.

Zna się Lutka na Czerniakowskiej od Podchorążych do Gagarina. Mówisz, Czerniakowska tyle a tyle, nie podajesz kraju, miasta, dzielnicy i każdy wie, że o Lutka chodzi i jego plac, jak jest gość w obowiązkach, a kto neptek, akordeon lub ciota, niech spada.

Bo jak nie wie, to widać nie jest warty, żeby wiedział.

Co tak po warstacie filujesz? Co trzesz dłonie o pakuły? Co tak bledniesz?

Nie bój byka, sekretarz, jeszcze nie bój. Dintojra w planach, nie w skutku. Niech nie boi stary, raszpla i pingwin.

Powtórz im, coś od Lutka w warstacie usłyszał. I powiedz im, że gdyby co, to Lutek może i tu, i tam. Tylko grzecznie trzeba.

Bo Lutek jest stąd, co się należy, a ty, sekretarz, na ten przykład, znikąd, co nawet dwóch psów nie wie, chociaż to do ich zawodu należy.

Dlatego Lutek może do Moskwy i do Sztokholmu. Co trzeba powie, co trzeba zmilczy, co trzeba wyzna albo i zaprzeczy.

Ale jak sztama to na git.

Z kuframi sobie poradzę, i przy stole.

W Moskwie rasie polskiej wstydu nie przyniosę, bo chłop ze mnie nie za duży, ale w sobie. W Sztokholmie znowuż powiem, co by chcieli usłyszeć, choć pomyślę na odwrót.

Żaden palant mnie nie kiwnie, choć udam, że kiwnął.

A jak zgłosi się debeściak i zaintonuje, to go zepnę na krótko. Tu i tam.

W Sztokholmie pozór dam, w Moskwie się rozejrzę, co i jak, bez pozoru.

Bo Lutek wszędzie jest u siebie i wszędzie sobą, w warstacie czy gdzie, a ty, sekretarz, nawet u starego w bibliotece nie jesteś tym, za kogo się bierzesz.

Może tylko kiedy w kabel dmuchasz.

Nie przecz Lutkowi, bo go spienisz.

Podfilowałem.

Wiem, komu kablujesz, domyślam się na kogo i podejrzewam co.

Ale ty się Lutka póki co nie bój, bo Lutek aktualnie nie ma interesu ci przywalić.

Bo Lutek jest z Czerniakowskiej, tyle a tyle, i ma życzenie zewrzeć się z takim jak on lub, co pojąć trudno, lepszym.

Więc gdyby co, to nie zapomnij żeś z Iłży, a Lutek człowiek z miasta.

Póki Lutkowi w drogę nie wchodzisz, nie wymiękaj, bo Lutek w tym nie gustuje.

Ale gdybyś wszedł, to po tobie, sekretarz. Zapamiętaj, po tobie.

W Mięsnych poszli na całość. Nie ma przebacz. Chłopaki z Mięsnych z Lutkiem zblatowane, więc gdyby, nie daj Bóg, co, będzie ci miał kto nastukać.

Bo Lutek byle czym rąk nie fajda.

A teraz się zepnij. Bywa tu, Na Grobli, taki cwel przecwelowany z kace.

No co się, kurwa, trzeszczysz, bywa? Pytam, bywa?

No.

To od dzisiaj bedziesz kablował dla Lutka, co i jak, jak kablowałeś do tej pory.

Tydzień jak minął w komitecie obywatelskim pytają, ten z kace, był?

Potwierdzam.

No to było, mówią, wziąść francuza z warstatu i grzmotnąć.

Pytam, w łeb?

A jak, panie Lutku, odpowiadają.

Raz a dobrze, pytam.

A jak.

Cwaniaki w dupę rżnięte.

Lutka by wystawili, niech kaleczy, a oni tylko solidarność, Polska, niepodległość, honor, naród, robotnicza sprawa, robotnicza, kurwa ich mać, godność... Jak ja ich nienawidzę, jeszcze bardziej niż tamtych, bo są siebie warci, cwele przecwelowane.

Ale, póki co, ostrożnie.

Tak chłopakom z Mięsnych poradziłem, co ci, sekretarz, bezwarunkowo nastuczą, jak mi w drogę wejdziesz.

Bo oni za Lutkiem jak za batem i wiedzą, jaka przy Lutku perspektywa.

I wiedzą, że jak co, to Lutek do Sztokholmu, a jak inaczej, to do Moskwy. Bo życie jest takie, że każda strona ma być obstawiona, żeby luftu nie było, co cię na marne wessa.

Chłopaki z Mięsnych, a ręki cięższej od rzeźnika nie znajdziesz, dla Lutka zaufanie mają pełne. Nie dalej jak wczoraj przy kuflu u Kalafantego pytają:

Jak jest, Lutek?

Jak być musi, odpowiadam.

A jak już nie będzie musiało?

To wam powiem, odpowiadam.

I git będzie, Lutek?

Już jest git, ja do nich, tylko nie zawiadomione.

A kiedy będzie, pytają.

Kiedy wam powiem, że jest, odpowiadam.

A kiedy powiesz?

Kiedy będzie, ja na to.

I będziesz wiedział?

Więc ich kwituję; od tego Lutka macie, chłopaki. Właśnie od tego.

A oni, jak to z Mięsnych, swoje: Gdyby miało być poso musi być i chrom. Bezwarunkowo. A ja do nich: Nie mówcie dla Lutka grypsującą mową, bo wyżej będziecie uniesieni. A oni, jak wysoko, Lutek?

Jak idzie dno, chłopaki.

Jakie dno, pytają i po sobie patrzą.

Kołyski, ja na to.

Której kołyski, Lutek?

Scytyjskiej, im odpowiadam.

Nie kumają i przyfilowuje, że cykoria już posadzona, ale z gatunku, co nie wschodzi. Dla Lutka to wiadome, a dla nich jeszcze nie.

Więc Lutek w ich oczach rośnie do rozmiaru, co się już na zawsze pamięta. Widzą, jak mu dyszel dębieje, co zbroję nim w pył rozkruszy, i słyszą, jak ciała nabiera, by nie było już takiego żelaza, by go skuć mogło.

Nie ma tak, sekretarz, żeby nie zapamiętali i nie będzie tak, żebyś ty, sekretarz, zapomniał, choć ciota jesteś.

Więc gdybyś zwichnął, jak to z ciotami bywa, to po tobie. Sam rozumiesz.

Jak sprężyna w sprzęgle pójdzie, to pedał do środka wpada. Co go wyciągniesz to wpadnie. Taki układ. Więc nie pedała się pilnuje tylko sprężyny.

Więc dla Lutka ty nie bryknij, bo go spienisz. A jak spienisz, to cynk pójdzie, gdzie musi. A gdzie musi, to już wiesz.

Co by nie było, to nie będziesz mógł powiedzieć, że Lutek cię nie ostrzegł, a tylko pozór dawał, że niby tego śmego.

Ukryć się nie da. Lutek zagra ostro. Nie będzie wybacz. Dla nikogo. Ale ty, sekretarz, nie blednij, bo w tym, co Lutek zamierza, miejsce byś znalazł.

Jakie?

Takie jak przy starym.

Bo on, co by mu się tam nie przytrafiło w Sztokholmie czy Moskwie, swoje lata ma. I czas jego minął.

Wyczuwasz, sekretarz, co by tam nie zafasował, minął raz na zawsze.

Ale *Chłodna jesień* nie minęła.

Bo *Chłodna jesień* jest o tym, jak wszystko rozpierdolić, a potem pozbierać, ale tylko tyle, ile pasuje z tego co rozpierdolone.

Lutek wie wszystko, więc i to, że po *Chłodnej jesieni* potrzebowałby przewodnika, co by mu podpowiedział, czego unikać, żeby z rozpierdolonego zebrać tyle, ile da się ogarnąć, a resztę w kanał wpuścić, na amen.

I z Efraimem Lutka spiknąć, jewrejem, co rozum ma nie od parady, jak to jewrej. I przy Lutku za pamięć nieomylną robić, by gdy termin nastąpi, miał kto powiedzieć: „Lutek? Byłem z nim".

Dla Lutka mówił w komitecie gościu jeden, akordeon z wyglądu, że *Chłodna jesień* jest instruktażem po złu, które błyszczy.

A tak się, sekretarz, składa, że Lutkowi podchodziłby teraz ten blask, co go użyje kiedyś do zła, jakie będzie rozprowadzał.

Więc jak Lutek będzie miał to, co mu przekablujesz z cwela przecwelonego i dobierze się do *Chłodnej jesieni*, jak nikt sie nie dobrał, i ją zrabuje do spodu, jak nikt by zrabować rady nie dał, to będzie mądrzejszy o to, co inni nie są, bo im blask ze złem nie staje do pary.

A Lutkowi stanie.

Idą czasy zamętu sakramenckiego, co by tam kto nie chciał z niego wystrugać.

Lutek nie mówi do ciebie, sekretarz, precz, mówi do ciebie, miarkuj się i trzymaj dobrej strony.

A jak chłopaki z Mięsnych zapytają, co się Lutek po mieście z ciotą prowadzisz, to Lutek dla nich odpowie, co by Efraim odpowiedział, gdyby go tak zapytali.

I jeżeli teraz widzisz Lutka ubrudzonego przy rozdziawionym polonezie, co mu uszczelkę spod głowicy wyjebało i na klocki się przeniósł, to zamknij oczy i zobacz blask, który jest całym złem rozgrzeszonym przez blask.

A gdy oczy otworzysz, zobaczysz Lutka, jakim już jest, bo wnet będzie.

I siebie obok zobaczysz, jakim jesteś, bo wnet będziesz.

A jesień cię takim chłodem owionie, że czym byś się nie owinął, jak stanął, gdzie przyskoczył, to pogardę rozpoznasz do siebie, jakim byłeś, więc już nie jesteś.

I Lutka zapytasz, czym przed tym chłodem masz się bronić, co z jesieni idzie, przed tymi strzępami zdań strasznych, złorzeczeń, skomleń, lamentów, słów życie z piekłem równających, co je opar od rzeki pędzi, a Lutek ci odpowie, co Efraim by odpowiedział, bo już będzie wiedział, co nie wie.

I już nikt nie rozpozna, co z Efraima w Lutku i w Lutku z Efraima, tak się do siebie złożą blaskiem i złem, co z *Chłodnej jesieni* do każdego z nich przyszło.

Na koniec powiem ci, sekretarz, co staremu przypomnisz. W zimę kiedyś tylko oba wracaliśmy nocą z Zakopanego. Deszcz taki, że wycieraczki nie nadążały. Dłużyło się. Pod Kielcami stary mnie pyta: „A ty, Lutek, nad życiem się czasami zastanawiasz?". „Tylko nad swoim, proszę pana", mu odpowiadam. A stary w Białobrzegach do siebie, jakby przez te dwie godziny sprawę przemyślał: „I niech tak już pozostanie, Lutek". Ale nie pozostało. Powtórz mu to przy okazji. Że nie pozostało.

11

Otóż nie! Po stokroć, nie. Hrabia Henryk. Po stokroć hrabia Henryk.

Pana to nie dziwi, czcigodny mistrzu?

Jak to co?

Że funkcjonariusz partyjny Stefan Sapielak, syn kolejarza z Małkini, człowiek w istocie prosty, przedkłada hrabiego Henryka nad Pankracego.

Że wnuk fornala, prawnuk pańszczyźnianego niewolnika, praprawnuk... Ma pan rację, panie Aleksandrze, można by tak do Adama i Ewy.

Będę się jednak upierał, że nic dobrego nie zapowiadająca progenitura permanentnej nędzy, głodu na przednówku nieuchronnego jak śmierć, fizycznego i moralnego brudu, jakiego i pańskie pióro by nie przedstawiło, niepokonanej chciwości, ofiara wszelkich możliwych protekcjonizmów, upokarzających łaskawości, zdawkowych słów otuchy, nic niekosztujących pocieszeń, chorobliwej zapobiegliwości z jednej i podręcznikowej gnuśności z drugiej strony, znoszących się w stan egzystencjalnego paraliżu, podwórkowy złodziejaszek, szkolny recydywista i cymbał jednocześnie, przemieniony w pryszczatego jakobina z głową dymiącą zasłyszanymi pomysłami, zakładnik idei z odmienianą przez wszystkie przypadki równością i sprawiedliwością, plebejusz ostatniego sortu, wbity pazurami w szansę, którą zamigotało mu przed oczami ludowe państwo, mówi panu, panie Aleksandrze, inteligentowi z dziada-pradziada, szlachcicowi, arystokracie ducha i materii, geniuszowi, którego pióro....nie, nie przesadzam, mówi panu z najwyższym przekonaniem, nie Pankracy, a Hrabia Henryk, po stokroć hrabia Henryk.

Czy to pana nie dziwi, mistrzu?

Jak się ja nasłucham na naradach, egzekutywach, operatywkach, na niemających końca negocjacjach, wpędzających nas coraz głębiej w chaos, tych bolszewików z jednej i drugiej strony, frustratów, kompleksiarzy, gabinetowych awanturników, wiecowych piszczałek, oczadziałych rewolucjonistów i ich żałosnych pacyfikatorów, jak ja naprzypatruję się tym spisom oczekiwań, rozjeżdżającym się z możliwościami, jak ze wszystkich stron osaczy mnie konwulsyjne już rzężenie o robotniczej sprawie i niezbywalnych prawach narodu, jak nie uda mi się umknąć przed tymi upiornymi licytacjami na godność i dam się zapędzić w róg przez prawdy objawione – to możliwość przebywania już w ciszy mego skromnego mieszkania z Anhellim, Kordianem, królem Duchem, Fantazym, księdzem Markiem i hrabią Henrykiem ratuje mi życie.

Powiem panu, drogi panie Aleksandrze, że wzorem Słowackiego z przyjemnością grzeszę dumną odrębnością od ludzi przeciętnych w czterech ścianach mego mieszkania, coraz mocniej utwierdzony w przekonaniu o mistycznej sile narodowego posłannictwa.

Zamknięty na te kilka godzin, jakie mam w dyspozycji, przenoszę się do klasztoru Betcheszban w libańskich górach i wraz z Anhellim zatapiam się w idei ofiary i cierpienia. Dla przyszłego odrodzenia narodu.

Odrodzenia, nie rebelii. Wyzwolenia, ale nie insurekcji. Odnowy, lecz nie rewolucji.

I w tej wielkiej polskiej tradycji ducha, którą zmywam brud codzienności, widzę pana, panie Aleksandrze, jak stąpa pan ku mnie w srebrnym śnie Salomei, cały ze srebrnego snu Salomei, który śnił pan przecież, zasiadając do *Chłodnej jesieni.*

Pan jest cały z *Króla Ducha, Prześwitu, Psalmów przyszłości* i *Irydiona,* z tym błogosławionym mesjanizmem, który, domagając się odrodzenia, jest na antypodzie zgiełku, kłótni i gwałtu. Pan jest regimentarzem najdumniejszej krucjaty.

A to nakłada na pana święty obowiązek, z którym nie wolno panu dyskutować, nie wolno się droczyć, bo wzywa do niego racja stanu, polska racja stanu.

Pan został powołany na laureata nie dla laurów, a dla uratowania tego nieszczęsnego narodu przed samym sobą.

Pan nie może nie rozumieć, czym będzie ta nagroda w coraz bardziej rwącej rzece chaosu, niosącej nas Bóg wie gdzie i Bóg wie po co.

Pana wyniesienie na szczyty... Co ja pierdolę? Przepraszam, pan mnie o coś zapytał. Co ja od dziesięciu minut?... No tak, istotnie, doprawdy, może rzeczywiście...

Poniosło mnie, przepraszam, przejdźmy do rzeczy. Po to tu przyjechałem. Dobrze, że mnie pan zreflektował, bo od tego powinienem zacząć. Widzi pan, obowiązki, obowiązki i czasami się gubię. Przepraszam raz jeszcze. A więc, gazety.

Wszystkie, jakie się liczą.

Niech pan raczy spojrzeć na tytuły.

„Wielki honor" to „Trybuna". „Sewerynowicz bierze Fiedina" to „Sztandar". „Życie Warszawy" – „Wielka nagroda dla wielkiego pisarza", a w „Argumentach" – „Rosjanie docenili Polaka". Najlepiej „Głos pracy" na pierwszej stronie – „Dumni jesteśmy wraz z panem, panie Aleksandrze".

Główny dziennik telewizyjny zaczniemy od tej wiadomości, a radio od rana nie mówi o niczym innym. Gdyby to pana interesowało, we wszystkich programach.

Jak pan widzi, wywiązaliśmy się ze swego zobowiązania.

Czekamy na rewanż.

Co proponuję?

Proponuję, by jutro, blisko południa, pański sekretarz odwiedził sześć największych agencji prasowych z komunikatem o odmowie przyjęcia przez pana tego honoru.

Deklaracja ma być krótka, jasna, jednoznaczna, lecz nie lakoniczna.

Po konsultacji z towarzyszem Pałką z Wydziału i z całą w zasadzie egzekutywą, doszliśmy do przekonania, że pański komunikat nie powinien zawierać nawet śladu podejrzenia o antyrosyjskość, więc antyradzieckość, bo to europejskich intelektualistów wyjątkowo irytuje.

Rozumie pan. Dla nich ZSRR nie jest piekłem, Lenin to historiozof ze szkoły Wissariona Bielińskiego. Stalin to tylko trzydziesty czwarty azjatycki satrapa, łagodniejszy przecież od Temudżyna, Murada Wielkiego czy Bajbarsa. Dzierżyński jest starszym bratem Che Guevary a Beria... no cóż, Beria to wypadek przy pracy.

Nie może pan też w swoim komunikacie użyć słowa „rewolucja", nawet w najszlachetniejszym kontekście, bo oni po doświadczeniach sześćdziesiątego ósmego roku są na nie uczuleni.

Jakakolwiek próba użycia słowa „naród" działa na nich jak płachta na byka. Z tego samego powodu nie wolno szermować panu słowem „polski". Jeżeli go pan użyje, to wyłącznie w odniesieniu do języka, w jakim pan tworzy.

Termin Polska jako ojczyzna jest wykluczony, a ojczyzna w odniesieniu do Polski przenosi intencje pańskiej odmowy w skrajnie niebezpieczną strefę wątpliwości i kompromitujących pana podejrzeń.

Sugestia dotycząca pańskiej płci jest samobójcza. Słowa – męski, męstwo, po męsku – skazują natychmiast pański komunikat na tak fałszywą interpretację, że zaczyna ona przeczyć samej sobie.

Strefa całkowitego bezpieczeństwa zawiera się w zdaniu: Ja, Aleksander Sewerynowicz, pisarz z zapomnianej Europy Środkowej, w obliczu zmian o w najwyższym stopniu oczekiwanym wektorze etycznym, pragnę niniejszym powiadomić...

Towarzysz Pałka z Wydziału, cała, w zasadzie, egzekutywa, nie wyłączając mojej skromnej osoby, chcemy pana przekonać do rozpoczęcia pana odmowy zdaniem powyższym lub bardzo zbliżonym.

Nie byłby pan człowiekiem pióra, panie Aleksandrze, gdyby pan nie pojmował, jak bardzo właściwa redakcja pańskiego komunikatu przybliży pana do nagrody, której wszyscy oczekujemy, a chybiony manewr umacnia szansę pańskich nie byle jakich konkurentów.

Ponieważ strzeżonego Pan Bóg strzeże, podstawimy pańskiemu sekretarzowi auto z kierowcą, by komunikat dotarł gdzie trzeba i w porę, niezależnie od tego, czy koleje państwowe dotrzymają słowa i rozpoczną strajk generalny.

Szofer z autem zameldują się przed pańskim domem jutro w południe z przygotowaną marszrutą.

Zaczniemy od Reutera.

Czy ma pan jakieś uwagi?

12

No to za Nobla! Co tam, Maryś, co tam...

Wódeczka jeszcze przedinsurekcyjna i ogóreczki sprawione przez nieocenioną Kaczmarkową, z koprem, czosnkiem, bazylią i na studziennej wodzie.

To też tradycja i też narodowa, powiedziałem Sapielakowi, częstując go tym narodowym specjałem, gdy przekonywał mnie wczoraj, że zaczyna się ona od Króla Ducha, płynie przez Anhellego i kończy na Irydionie, jeśli dobrze go zrozumiałem.

No proszę, jest jak bywało w najlepszych czasach, siedzimy tu sobie w kochającym się rodzinnym gronie i popijamy za wszelką pomyślność.

No to lu, moje panie. Do dna.

A ty, Olu? Z takiej okazji? Poprosimy Pana Boga, by przymknął na chwilę oko.

Nie proszę cię o to codziennie. Z tego, co wiem, Nobla dostaje się raz w życiu. Naturalnie, Olu, gdyby to był Fiedin nie śmiałbym cię namawiać, ale....Wiem, wiem, że ma swoje powody. Chodzi mi o to, by raz w życiu nie wzięła ich pod uwagę.

Chodzi mi tylko o gest z okazji, która się już nie powtórzy.

Nie zmuszam jej, Maryś. Nigdy w życiu do niczego jej nie zmuszałem, czego żałuję. Dzisiaj ją tylko namawiam na chwilę życzliwości dla starego ojca. Czy to tak dużo?

Ależ tak, Maryś, wiem to nie od teraz. Nigdy nie ceniła tego, co robię. Nie lubiła moich książek jeszcze przed ich napisaniem. Nie miałem nawet pomysłu, a ona już nie lubiła.

Nie o to chodzi? A mnie się wydaje, że o to. Bronisz jej, Maryś, bez przekonania. To coś nowego.

Mauriac, Bernanos, Chesterton, Greene, Saint-Exupéry, to tak, to owszem, ale nie ojciec, bo ojciec nie zaliczał się nigdy do przyjaciół Pana Boga.

Każdy ma prawo wybierać sobie takie książki, jakie mu odpowiadają, ale jeżeli nie jest cymbałem, to powinien wiedzieć, czemu inne odrzuca.

Dokuczam naszej jedynej córce? A mnie się już wydaje od wielu lat, że jest odwrotnie.

Ola jutro wraca do Iłży? No proszę, jakie to smutne. Jakie to smutne. Pomyśleć, że tak długo nie będziemy jej znowu oglądać.

O co mi właściwie chodzi?

A o to, że życie jest nie tylko ze swego prawa przyrodzonego okrutne, ale i w swym okrucieństwie bezsensowne, a gdy odnajdziemy w nim zewnętrzne piękno, to bezużyteczne.

Jest tak, czy nie jest? Co słyszę w odpowiedzi?

Milczenie.

Świat wartości zniknął. Jesteśmy postawieni wobec ślepych sił obojętnego biegu rzeczy. Pustki i nocy kosmicznej. Jesteśmy zagubionymi we wszechświecie wędrowcami nie znającymi ni sensu, ni celu.

W odpowiedzi milczenie. Nigdy nic, poza milczeniem.

Cywilizacja to ciąg chaosu, bezprawia, podstępu, egoizmu i wszelkich innych ludzkich konwulsji. A może nie, może jednak nie. Może tkwię w błędzie.

Co w zamian? Naturalnie, brak odpowiedzi.

Czy na obronę naszego człowieczeństwa mamy tylko chłód i dystans? Czy zasada, żadnej pokory wobec opatrzności, za kogokolwiek byśmy ją wzięli, obowiązuje zawsze, czasami, nigdy?

Oczywiście, milczenie.

Jakim prawem, przez kogo ustanowionym, czyni mi się zarzut z tego, że widzę ostrzej niż inni?

W odpowiedzi, bez niespodzianki, milczenie. Wzniosłe, wszystkowiedzące, wszystkorozumiejące, cholerne, pieprzone, ironiczne, sarkastyczne milczenie.

Czy obojętność jest policzkiem, jaki człowiek wymierzyć może losowi, naturze, historii, a i Bogu, jak się napatoczy, i czy ci, którzy w imię infantylnych oczekiwań, bezpodstawnych złudzeń, niosą światu niesprawdzone, więc głęboko niemoralne prawdy, mają prawo mnie drażnić?

Milczenie, milczenie, milczenie! Milczenie? Znam je. Słyszałem je przez całe dorosłe życie.

Tam, gdzie myślisz, Maryś, również.

A może przede wszystkim.

Choć ruszyłem tam po to, by usłyszeć jakąś odpowiedź. Jakąś najprostszą odpowiedź, bo wymagań przesadnych nie miałem.

Słyszałyście to już sto razy?

A ja mam wrażenie, że ilekroć wam o tym mówię, to po raz pierwszy.

Nic na to nie poradzę, moje drogie panie, że słuchać będziecie tego tak długo, aż zapamiętacie.

Całe swoje młode życie, jak powinnyście wiedzieć, poddany byłem terrorowi rytuałów.

Od najwcześniejszego dzieciństwa.

Trzeba było przed snem zmówić pacierz, ręce trzymać na kołdrze, wstawać przed szóstą, przykładać się do nauki, do madame mówić madame, kochać matkę, słuchać ojca, szanować wujów, trzymać się prosto, uprawiać sporty, strzelać z floweru do gawronów, widelec przy jedzeniu garbkiem do góry, a łokcie przy sobie, nie poddawać się emocjom, nie ulegać nastrojom, szanować Marszałka, mieć w pogardzie sanacyjną hołotę, adorować lorda Mountbattena, w sierpniu polować na kaczki, zimą zasadzać się na dziki, wypatrzeć najponętniejszą dziewuchę we wsi i zerżnąć ją rytualnie w stodole na sianie, poznać byle jakiego nawet kuzyna i się z nim zaprzyjaźnić, odbyć podróż do Włoch, zatrzymać się na dłużej we Florencji, rozpocząć pożyteczne studia, przymierzyć się do kawalerii, bywać u Loursa, bankietować u George'a, tańczyć w Adrii...

Lecz u progu życia męskiego, już po wojsku, na kilka lat, nim poznałem twoją matkę, Olu, zrozumiałem, że moje życie nabierze sensu, jeżeli formę wypełnię treścią.

Nie mogła być nią żadna idea, polityka, to co nazywamy teraz światopoglądem, gdyż podejrzewałem, że treść w przeciwieństwie do formy nie może pochodzić od człowieka.

Zapragnąłem absolutu. Zgoda, Maryś, nazwijmy go Bogiem.

Ale to nie mógł być Bóg moich ciotek czy drogiego księdza proboszcza. To mógł być tylko Bóg wybranych, naznaczonych, wtajemniczonych. Bóg zdolny spełnić moje oczekiwania, zdolny uzdrowić mnie z mego kalectwa, gdyż urodziłem się bez instynktu Boga i bez łaski wiary.

Potrzebowałem przewodnika. Namówiono mnie na Akwinatę.

Nie mogę powiedzieć, by mnie nie uwiódł. Do tego stopnia, że na rok zamknął mnie u Dominikanów.

Nie wiedziałaś tego, Olu? Naprawdę nie wiedziałaś? Jak to możliwe, Maryś, by nasza jedyna córka nie wiedziała tego, co już sto razy opowiadałem?

Więc wyobraź sobie, mniszko, że niewiele czasu musiało upłynąć, nim się przekonałem, że to też tylko forma, że nauki tego potężnego, neapolitańskiego feudała w miarę ich poznawania bezsilnieją wobec nonsensu, a moje uczestnictwo w porządku świata z miesiąca na miesiąc staje się wątpliwsze.

Jedna chujnia.

Konieczność istnienia Boga jako jedynego bytu niepodlegającego dyskusji nie potwierdzało żadne doświadczenie ze sobą samym.

Rok nieustających sugestii, że wszelkie istnienia nie są konieczne w przeciwieństwie do istnienia Boga, nie zwieńczyło powodzenie.

Jeżeli ja sam nie jestem swoim jedynym istnieniem, to kto mnie w tym zastępuje?

Zarzewie buntu wobec bezprawia bytu roczny dominikański nowicjat rozpalił we mnie raczej niż zgasił i nie znalazłem tam pokory mogącej mnie zreflektować.

A chciałem jej się nauczyć, by chroniła mnie przed pychą, którą miałem wtedy za ciężki grzech, bo jak już wiecie, od najwcześniejszego dzieciństwa byłem poddany terrorowi rytuałów.

Trochę lat musiało upłynąć, nim w pysze zasmakowałem. Zaprzyjaźniłem się z nią i nie pamiętam, żeby mnie kiedy zawiodła.

To ona uczyniła ze mnie pisarza i mężczyznę.

I nawet teraz, kiedy zapadam się w nieubłaganą starość, kiedy czuję w sobie jej chłód i pustkę, to nie dostrzegam w nich niczego nie do pokonania, bo unosi mnie nad nimi moja pycha.

Jeżeli nie jest ona drogą do Boga, jeżeli tylko jej przeciwieństwo może nas do niego doprowadzić, to bym się do niego nie wybrał, nawet gdybym otrzymał osobiste zaproszenie.

Nawet wtedy, jeśli jedyną do niego drogą jest pokora, bo ją pieprzę.

Pieprzę!

Możesz mi powiedzieć, Maryś, co moja jedyna córka mamrocze w tej chwili pod nosem. Czy aby nie pacierze? Czy aby nie do świętego Judy, patrona spraw beznadziejnych?

Muszę ci coś powiedzieć, mniszko, bo taka rodzinna okazja może się już nie powtórzyć. Jest mi wstyd, że do

Boga kroczysz drogą pokory, bo jeżeli on tego od ciebie wymaga, to nie jest jej wart.

Twoja służba zajęczemu wyobrażeniu tchórzy wszelkiego sortu niepotrafiących przyjąć zimnej prawdy jest stratą młodości, której wiele ci już nie zostało.

Pomyśl sobie o muzyce, tańcach, beztrosce, o płochych rozmowach, śmiechu z byle czego, podróżach, poznawaniu absurdalnego, lecz pięknego świata. Pomyśl sobie o rozkoszach wszelkiego kurewstwa, do którego odziedziczyłaś po mnie zapał i postaw je naprzeciw własnej ofiary. Nie uwierzysz, jaka ci się wyda żałosna.

Przedstaw sobie letnisko w pobliżu ciepłego morza i wapiennych skał i urwisk, i chłopca, jakiego nie rozpoznałaś, gdy zsunął się z morwy w spranej koszuli i marynarskiej czapce, z którego umyka jeszcze dzieciństwo, jakby w ostatniej chwili. Ławrik? – nie dowierzasz. – Ten znad limanu? Niemożliwe, nierealne, nierzeczywiste, przecież on jeszcze ubiegłego lata bawił się sersem, uganiał za czajkami... ale już wierzysz, już o nim myślisz, już się na niego zasadzasz. Cieszy cię nie tyle on sam, ile możliwość, jaką ci w marzeniach stwarza. I wszystko wokół intensywnieje, nabiera nieprzeczuwanego smaku. Wapienne skały jaśnieją bielej, szum morza odkryty na nowo, zapachy ziół jakich nie rozpoznajesz, odgłosy nocy przyjazne, sól na wargach wytrawna, a piasek we wgłębieniu pod obojczykiem, kiedy wracasz pod górę z kąpieli, drobny jak nigdy. Spełnienia czekasz, gdy zauważasz, a może tylko przeczuwasz stygmat nagłej śmierci nad jego wypłowiałą od słońca czupryną, kiedy w dwa lata później padnie nawleczony na białogwardyjskie sztyki pod Tichoriecką.

Wszystko to wzywa cię do życia piękniejącego z godziny na godzinę, a tajemnica sunie ku tobie za tajemnicą.

Wiesz coś o nich, Olu? Zastanawiałaś się kiedy nad tym? Tak myślałem. Gdybyś przeczytała jedną moją książkę, to byś się może przekonała do zachęt, jakie w nich przedstawiam. Bo jeśli nie one, to co w zamian? Jaka uroda, przyjemność, powinność, obowiązek, niech ci będzie, Olu, misja?

Milczysz? Nic nowego. Zapytaj ją, Maryś, co w zamian. Siedzisz bliżej, może usłyszysz jakąś odpowiedź. Cisza? Do końca dnia? A jutro? A pojutrze? A za rok? No cóż, głową muru, jak to mówią, nie przebijesz. Wychodzę na drogę, czekam, a tam nikogo.

Wracajmy więc do toastu za Nobla.

Bądź tak dobra, Maryś, i powiedz mi, czy nasza córka skończyła już modlitwę za swego, jak rozumiem, ojca? Siedzisz bliżej.

Też się modlisz? Obydwie się modlicie? No, to w pewnym stopniu zmienia moją sytuację. Obiad uroczysty jak msza święta, więc się z niego wypisuję.

Domyślam się, że nie macie nic przeciwko temu, bym zabrał pół litra, ogórki, ozór w galarecie i poszedł do garażu.

Lutek mi jeszcze nigdy nie odmówił. W takiej chwili można na nim polegać.

A wy, jak skończycie swoje, możecie do nas dołączyć.

W garażu.

13

Spojrzyjcie, Sapielak, na moją osobistość. Wzdragam się? Spojrzyjcie na moją nogę lewą, rękę prawą albo korpus.

Drżą?

Wejrzyjcie w moją duszę.

W ciemnościach błądzi?

Wyobraźcie sobie umysłowość moją.

Widzicie chmurę, która ją przesłania?

Nie dalej, jak pół godziny temu spotykam na korytarzu Pierwszego, wychodzącego ze wspólnej. Nie wiem, co on się tak uparł na ten kolektywny sracz, przecież ma swój, poręczniejszy, przy gabinecie, i zaraz mnie pyta: – No jak tam, Pałka, nasza duża rzecz? Pilnujecie jak się należy? Dowodzicie w pewności i spraw ustanowieniu? Nie ma obsuwy? Mogę być spokojny na tym odcinku?

Bezdyskusyjnie, towarzyszu Pierwszy, odpowiadam. Trzymam rękę na pulsie i wszystko jest pod kontrolą.

Ale przecież nie jest, Sapielak. Nie powiecie tego. Pistolet z was chyba jednak odbezpieczony, bez bagażu ze wschodniego kierunku, ale prawdzie nie staniecie poprzecznie. Zgodzicie się ze mną w całej rozciągliwości.

Języki obce znacie? Których nie znacie? Wszystkich? To tak jak ja. Ale Radłowski zna pięć. Bez ruskiego.

Przejrzał wszystko od szpalty do szpalty, od kolumny do kolumny, od linijki do linijki. Taimsa, Gwardiana, Lamonda, Elpaso, Algemajne Fegelajne, Caitungi zid dojcze i resztę tych zachodnich szmat, co ich nienawidzę gorzej dżumy.

Ani słowa.

Nawet się nie zająknęli.

Wieszczu dostał ruską nagrodę, odmówił, bo mu nie pasowała, a oni o tym milczą.

Zlekceważyli nam artystę, ale zlekceważyli też nas, a jak nie zlekceważyli, to chwycili za krocze i długo nie puszczą.

Rozumiecie chyba tę sytuację, że się tak określę, w dyspozycji.

Ja was kilka dni temu pytałem, czemu to ma być duża rzecz, skoro rozchodzi się tylko o słowa?

Na mój gust, bez ładu i składu, z tego coście mnie zacytowali, ni pies, ni wydra.

Ale pomyślałem sobie, no cóż, ja, człowiek konkretu i czynu, co od stycznia idzie na rolnictwo, może tego nie rozumiem, może się na tym nie znam, gdyż nie byłem w tym kierunku za młodu kształcony.

Ale oni byli. Redaktorzy tych zachodnich szmat. Byli, bo musieli być i dlatego wiedzą coś, co my będziemy musieli się dopiero nauczyć, że bez przesady z tym słowem. Bo niewiele od niego zależy.

Oni wiedzą, że na początku było wszystko, dobrze mnie zrozumcie, Sapielak, wszystko, oprócz słowa.

Że od słów, których tak po prawdzie nikt normalny, obrotny i zdrowy nie czyta, nic nie zależy. Że jak kto drygu nie ma do roboty w temacie, jak nie ma w sobie chęci albo dwie lewe ręce go odznaczają, za co by się wziął – to dać mu pisać, co mu ślina do głowy spłynie. Nie zajmować się nim, nie kontrolować, nie prześladować go, ale i nie wyróżniać, bo od tego, co on tam naskrobie, nic na świecie nie zależy.

Dać mu spokój. Najlepiej wiekuisty.

I przede wszystkim zwolnić z ciężaru obowiązków narodowych na barkach, bo to z pierwszego rzutu oka widać, że nie poradzi.

Po co się tak mordować. Oni z nami, my z nimi. Co im się tam skrobnie, my strzyżymy uszami, co zastrzyżymy, oni ogon pod siebie albo na odwrót i machają nim do nas na rozdrażnienie. A zostawić im te wszystkie słowa, niech się podławią i najlepiej od nich zdechną, a my konkret. Tylko konkret. Wyłącznie konkret.

Wiecie, czego od stycznia żegnam kulturę, by na rolnictwo przeskoczyć, bo mnie kultura oczekiwań nie spełniła, jakby nie wiedziała, że Pałkę da radę obejść, ale nie wykiwać. Łasiła się do mnie, merdała odnóżami, skomlała do mnie fałszywym słowem, patrzyła na mnie minami różnymi, a co jedna to wredniejsza. A każdy przedłożenie niesie, jedno bezczelniejsze od drugiego. Wszystko to cacane takie, ale i wysilone na pogląd, że mało co żyła by pękła. No to ja im w rewanżu łup, łup, łup, ale powiem wam, Sapielak, że bez usatysfakcjonowania z własnej strony swojej osobistości, bo nie mam do nich smaku ani za grosz. To jest ogródek – grządka w tą, grządka w tamtą – tu rzodkiew tam szczypiór, tu kalarepka tam nie wiadomo co, ale wiadomo, że nic.

Goście z zachodnich szmat to przynajmniej zrozumieli i nie zawracają sobie głowy tym, co na to nie zasłużyło.

Ludzie mają różne hobby. Ja na przykład zbieram laleczki ze słomy, każda sroczym piórkiem udekorowana. Takie różne, z Kujaw i w ogóle. Mam ich cały regał i w niedzielę oczy nimi z małżonką cieszymy, ale nie przekonuję, że coś od nich ma zależeć. Nie mówię, że mam do nich jakieś oczekiwania albo problem.

Nie zawracam tym głowy Organizacji ani nikt w moim imieniu tego nie ustanawia.

Hobby jak inne.

Ja zbieram laleczki, on słowa.

Niech zbiera. Chcą Ruskie go za to wyorderować, niech wyorderują. Brandzlować się nie ma czym.

Jaka duża rzecz, co za duża rzecz, która duża rzecz? Rzecz jest mała taka, Sapielak, że ledwo ją widać, i dlatego redaktorzy tych szmat, co je gorzej dżumy nienawidzę, jej nie uhonorowali nawet jedną linijeczką na ostatniej stronie.

A o Polsce, że wiecie pewno, nigdy tyle nie pisali. Nie można powiedzieć.

Reasumując, życzyłbym sobie, ale wam jeszcze więcej, bo u mnie i tak, i tak rolnictwo od stycznia jest aktualne, żeby to była pierwsza i ostatnia zła wiadomość w tym temacie, za który nawet jak wszystko pójdzie po naszej myśli, Ruskie komuś pogruchoczą kości. Oni umieją pamiętać.

Miałbym życzenie też, żebym w spotkaniu z Pierwszym na korytarzu czy gdzie, jutro, pozajutro czy kiedy, nie musiał walić ze strachu w portki, że mu kłamie, co do pulsu, ustanowienia spraw i odcinka.

Jak byście, Sapielak, pozwolili jeszcze kroczek, dwa nazad i pochylili się do mnie, do ucha, to bym was o coś zapytał.

Jużeście się pochylili? Nie widzę.

A, teraz tak.

Mszę czytamy już na wspak? Kończymy już o północy? Usługuje do niej kobieta, a wino jest wodą? Czy hostia jest już czarna?

14

Podglądałam pana.

Kiedy?

Kiedy pan spał na tarasie. Godzinę temu usiadłam na kamiennej ławeczce pod figurą i zaczęłam się panu przypatrywać, zastanawiając się, co też panu się może śnić w tym bladym, jesiennym słońcu? Nie musiałam zgadywać.

Śnił się panu Dniepr o świcie, cały w rzecznych oparach, mgłach ze stepu, zakolach, w wysokich brzegach i martwej ciszy.

Śnił się panu Dniepr. Nie wiem, czy wszystkie sny prowadzą pana do tej rzeki, ale ten, któremu się przypatrywałam, tam pana zaprowadził. Nad urwistą krawędź, przy niespodziewanym skręcie, pomiędzy burzany, ostnice i piołuny z widokiem na chutor Armiejski i step.

Pomyślałam sobie, że nie ma takiego snu, który by w końcu tam pana nie zaprowadził, gdy zrozumiałam, że złego człowieka zrobiłeś z dziewczyny, panie.

Gdy zadałam sobie w duchu pytania, co ona temu wszystkiemu winna, choć suka przeklęta kłamie jak z nut.

Co ona ma do nich? Do szambelana, Efraima, hetmanów, atamanów, hajdamaków, białych, czerwonych, czarnych?

Co ona ma do spraw między nimi. Jeżeli postawiłeś ją, panie, przed wyborem, taką młodą, surową, nieobeznaną z życiem, dopiero co wyklutą, wyjętą jak pisklę z całej zabawy jej dzieciństwa, to czemu kazałeś jej wybrać zło? Nie było nic innego?

Czemu dziewczyna pozwoliła szambelanowi wypić herbatę w swoim towarzystwie z widokiem na rzekę, skoro mogła mu powiedzieć tylko: – Dla ciebie, panie, nadziei już nie ma.

Skąd ona to wiedziała?

A jeżeli wiedziała, to czemu nie pożałowała? Czemu powiedziała mu prawdę-nieprawdę, skoro w innych sprawach kłamie suka jak z nut?

Skoro do niego przyszła na taras domu z widokiem na Dniepr, w początku chłodnej jesieni, to czemu nie przyniosła mu swego wdzięku, piękna, młodości, swojej wilgotności i swoich dziewczyńskich westchnień?

Co mu było brak, że mu tak rzekła?

A on kosteczka, ptak w klatce, sokolik na uwięzi, przecież niestary, sam, panie, wiesz, jaki łagodny, kształtny, obeznany z tym wszystkim, do czego prowadzą westchnienia dziewcząt.

Jeżeli chciał zagrać jej muzykę na fortepianie, czemu dziewczyna mu kłamie, że nie lubi, jeżeli chciał jej wiersz przeczytać, czemu odpowiada, że nie rozumie, jeżeli chciał jej park pokazać, czemu milknie jak zaklęta?

Komu ona to wszystko przedstawia, skoro nikt trzeci jej nie wysłuchuje?

Czemu odpycha od siebie misterność, łagodność, elegancję i umyka z tych wygód przed wieczorem, i czemu wieczór niesie jej postać Efraima, ku któremu się skłania? Czemu nie pochyla głowy ku twarzy szambelana, czemu się ku niemu nie zbliża, czemu nie bierze jego rąk w swoje dłonie i nie przenosi ich na siebie?

Czemu nie zatraca się w jego wdzięku, tylko siedzi sztywna, milcząca, obojętna, nieczuła, z chwili na chwilę zimniejsza, aż zmrożona w lód wymyka się nocami, by włóczyć za sobą jedną z band Nestora Machny po Ukrainie, siejąc zniszczenie.

Skąd w niej ta ochota do krwi, furii, zatracenia?

Gdy zrozumiała, że z człowieka zręcznego jak porcelanowa filiżanka, kształtego jak wiśnia, dzielnego jak sokół z wolnych przestrzeni, w jedną jesień uczyniła niemego starca odpędzanego od stanic i chutorów jak sparszywiałego psa, tak zniszczonego swymi popiołami, że nie budził nawet litości, czemu nie powiedziała mu słowa, co je miała w zanadrzu wyuczone na pamięć?

Choćby jednego nieprawdziwego słowa.

A czemu jej w nagrodę światło, co z tego, że ponure, a jemu wieczny mrok?

Bo mu na werandzie domu z widokiem na rzekę powiedziała: – Dla ciebie, panie, nadziei już nie ma. Z tego skłamanego zdania to wszystko poszło? Z jednego, jednusiękiego zdania, którego, suka przeklęta, nie skłamała?

A gdy do Efraima na koniec doszła, to czemu podała

mu wszystko, co odmówiła szambelanowi? Każdą okruszynkę.

I postawiła to wszystko jak przed Bogiem.

Czy ona Boga zapomniała, którego ją nauczali?

Odpowiedz, panie, co uczyniło ją taką, jaką uczyniło? Nie zauważa już nic. Czy te kształty to burzany? A te szkieleciki to ostnice? A piołuny gdzie? Tam, gdzie liman ostrołuki? Czy dolina za wzgórzem, łagodna i długa, to scytyjska kołyska?

Czemu nie wie, gdzie jest? Czemu nie rozpoznaje niczego?

I czemu każesz jej żyć, zabierając każdy najdrobniejszy strzęp dobra, jaki się w niej zalęga z rozporządzenia natury. Nawet to jej zabrałeś? Jak to się mogło stać? Odpowiedz, panie, jak to się mogło stać?

Panie...

Przepraszam, obudziłam pana. To nie był mój zamiar. Nie zapadłam się w porę. Nie rozwiałam. Teraz? Chyba stoję i czekam. Co trzymam za plecami? Książkę.

Oto książka.

Sprzątałam pokój po siostrze Oli i znalazłam przy łóżku, otwartą, jakby czytała ją w tę noc przed odjazdem.

Ja też chciałam ją przeczytać, ale pan Stach powiedział, że jestem na nią za głupia. Prosiłam go o nią kilka dni temu, a on, że nie, bo jestem za głupia. Ciotka zresztą to samo, a jeszcze się na mnie nadarła, że nic już tu po mnie, że co było do zrobienia, zrobione.

Byłabym wdzięczna, proszę pana.

Tak właśnie pomyślałam, że poczekam na schodkach, aż się pan obudzi i zapytam. Prezent? Chce mi pan ją podarować? Z autografem? O jejku, nie wiem, co powiedzieć. Tak się cieszę. Jak tylko wrócę do domu, zacznę czytać. Jak ojciec nawalony, to od razu, jak jeszcze przytomny, to poczekam aż go zamroczy, bo wtedy jest cisza i koty wychodzą.

Chyba jestem na to za głupia, proszę pana.

Spróbuję panu powiedzieć, co myślę o Antoninie Hawryniuk, zwanej w chutorze Armiejskim Tunią albo Paranią, jeżeli nie jestem na to za głupia.

Ale ciotce ani słowa. Gdyby się dowiedziała, co od pana wycyganiłam, to koniec. Nie, nie żartuję, to koniec. I ojciec by mnie zabił.

Proszę? No, tak. Zrobiłam to. Kiedy siedziałam na ławeczce pod figurą kamiennego fauna i podglądałam pana, to pomyślałam sobie, że słońce jest już takie blade i nakryłam pana pledem z pokoju siostry Oli. Ale gdyby się ciotka... Tak? No to dziękuję. Za wszystko, proszę pana. Za wszystko.

15

To błąd arytmetyczny, drogie dziecko. W Wolnej Europie nie było mnie od dwunastu lat i, przy okazji, nadal nie jestem profesorem, więc proszę mnie tak nie przezywać, a poza tym zgadza się wszystko. Mieszkam we Francji, zajmuję się literaturą, przyzwyczajam się do biedy i nazywam się Jerzy Nadson.

W takim razie będzie się musiała pani zdecydować, mówimy o Noblu czy o Aleksandrze Sewerynowiczu?

To są różne pojęcia i proszę sobie wyobrazić, że się do siebie nie zbliżyły.

Odwrotnie, są dalej niż kiedykolwiek.

Zdziwienie? Zaskoczenie? Nawet szok?

No to chyba pani już żartuje. Ha, ha, ha... Przepraszam, ale nic mnie tak nie bawi jak rzeczy smutne.

Natomiast jeżeli da mi pani prawo do wyboru między rozmową o nagrodzie Nobla a polskim pisarzu reżimowym Aleksandrze Sewerynowiczu, to dzisiaj, w pani radiu, wolałbym porozmawiać o tym drugim, bo o Noblu mam do powiedzenia mniej niż kiedykolwiek.

O Sewerynowiczu? No, w każdym razie więcej.

Namawiając mnie do występu w swojej audycji, powiedziała pani, że chcę się zająć pankratorem przemocy, gwałtu, krwi i okrucieństwa zanurzonych w ujmującym smutku, uwodzicielskiej nostalgii i neurotycznym pięknie.

Jeżeli odnosi to pani do Sewerynowicza, to nie ma w tym słowa prawdy.

Dlaczego?

Długo by o tym mówić, więc po kolei, starając się to skracać.

Nie wiem, czy przyszło pani kiedyś do głowy, do jakiego stopnia jest to pisarz niesuwerenny. Gdy zgasło światło Ukrainy, on, w zasadzie, przestał pisać.

Sewerynowicz podłączony do pejzażu, blasku, nastroju lub choćby ich namiastek jest twórcą. Odłączony gaśnie jak świeczka, nie od razu, lecz nieuchronnie.

To zastanawiające, ale w nim nie pozostaje nawet pamięć. On piękność wszelką pobierać musi z otaczającego go świata, że się tak wyrażę, na bieżąco. Czas ją w nim nieodwracalnie unicestwia. Próba znalezienia nowej ojczyzny literackiej w Iłży i jej okolicach nie powiodła się. Nie znaczy, że jej tam nie ma, znam te ujmujące strony, tylko że mu nie wystarczą, bo jego substancja twórcza musi być wzbogacana z obfitszego źródła.

Wzgórza za niskie, doliny za płytkie, lasy za rachityczne, sekwencje za krótkie, rzeki za wąskie. Wszystko za łagodne, za wiotkie, za skąpe i po Ukrainie, nawet tej najmniej ukrainnej, dokuczliwie mdłe.

O które opowiadanie pani pyta?

Pamiętam je. Jest nieudane, choć wysoko w nim wyją

potępieńcze tony, to nie składają się one na żadną muzykę.

Powtórzę muzykę każdego ważnego opowiadania, jakie zapamiętałem, melodii *Chłodnej jesieni* nie zanucę.

Konstatację, że w plugawej historii ludzkości nie było czasu nikczemniejszego niż rosyjska rebelia, znam z piękniejszych pieśni.

Jeżeli jednak wspomniałem pani wysokie tony, jakie się w tym utworze odzywają, to dotyczą one tego, co zapomina się najpóźniej, tła.

Widoków, światła, pogód, rzeki, stepu, niezmierzonych przestrzeni, najgłębszych oddechów, zapachów. Bo z postaciami, drogie dziecko, tam marnie.

Nieszczęsny szambelan Nehring, nigdy zresztą pojąć nie mogłem, czemu taki nieszczęsny, jest żywcem wyjęty z wszelkich estetycznych stereotypów, to jakaś upiorna karykatura proustowskiego Swanna.

Tunia raz zwana Antoniną, innym razem Paranią, obnaża nieznajomość kobiet. Gdy ze swojej bohaterki robi się młodą dziewczynę, dobrze by było coś o młodych dziewczynach wiedzieć.

Co takiego? Romanse? Liczne, powiada pani, romanse?

Autor, o którym mówimy, nie miał nigdy żadnego romansu. To mu się w życiu nie zdarzyło, nawet z własną żoną. Pani, jak sądzę, myli romanse z przelotnymi przygodami.

Kobiety wybierał wyłącznie na swoje ofiary, a o ofiarach nie wie się nic z definicji.

Pochylmy się nad trzecią kreacją opowiadania, w intencji autora najważniejszą.

Brawo, pani redaktor, to Efraim Homlski. Bastard rewolucji, demiurg nicości, anioł zagłady, uff!

Niech pani sobie wyobrazi, że należę do tych Żydów, którzy się upierają, że Trocki nie był lepszy od Lenina. Za Kamieniewa i Zinowiewa nie oddałbym paznokcia Bucharina. Uricki podlejszy był od Dzierżyńskiego, a bestialstwo komanda rozstrzeliwujące i zarzynające bez końca imperatora Mikołaja i jego rodzinę nie miało sobie równych w tych bestialskich czasach.

Upieram się, że udział Żydów w rosyjskiej rewolucji był uzasadniony, lecz niewybaczalny.

Powinienem więc być tym, który na Efraima Homlskiego się godzi, a nie jestem.

Dlaczego?

Bo ten rodzaj chaosu, wrzasku, rozwydrzenia, chojrackiego naparcia na życie, dzikiej, by nie rzec, pierwotnej wesołości, poczucia nieodwracalnej beztroski – nie jest z ducha Izraela.

Pomieszanie chytrości z prymitywizmem, niespotykanego nigdzie indziej zdrowia z absolutnym brakiem godności, prostactwa i boskiego wyczucia koloru, dźwięku, kształtu, wymieszania fantazji z przyziemnością, niepowstrzymanej chciwości na wszystko co obce, z nonszalancją dla tego co własne – nie jest z ducha Izraela.

Ukrainny koloryt, suma bladej smagłości z ciepłym brązem, tęgiej zwalistości wyżywionej kołaczami, śmietaną, blinami, barszczem i kiełbasą z nieustającą młodością, jaka w tej tęgości ma się dobrze, ten rodzaj mocnego zakotwiczenia w istnieniu złączony skrajną wobec niego pogardą – nie jest z ducha Izraela.

To fałsz.

Rzec można, pisarz chybił. Nie on pierwszy, nie ostatni.

Ale czy można powiedzieć, że się zhańbił? Otóż nie tylko można, moje drogie dziecko, ale trzeba.

Czy pani pamięta, gdzie i kiedy powstała *Chłodna jesień*?

Tak myślałem. Na pytanie gdzie, odpowiadam – w Iłży. Na pytanie kiedy, odpowiadam – w drugiej połowie 1943 roku.

Iłża była już wtedy miastem duchów. I, niestety, pamięci. Pod ścianami rynku przemykał duch szewca Tewjego. Naprzeciwko kulił się z bezużytecznego już strachu duch stelmacha Aronsona. Nad nimi niczym opar wędrowała dusza notariusza Słuckiego i jego wspólnika od filozoficznych konszachtów, powroźnika Chaima.

Mostku nad rzeką nie opuszczała piękna Mychełe, mimo że jej szpetny, rudy mąż nawołuje ją bezustannie ze zniszczonej bożnicy. A stromą uliczką do zamku wiatr zwiewa uporczywie w dół ducha rytualnego rzeźnika Abla, w którym kochały się nawet gojki.

Znam Iłżę, drogie dziecko, i wiem kogo wywołać.

Sewerynowicz miał ich wszystkich jak na dłoni, gdy korzystał z gościny rodziców swego kompana z akowskiej partyzantki i gdy chwilowo wolny od żołnierskiego zajęcia, zabrał się do opowiadania.

Wiedział, dokąd wywieziono obywateli tego miasta i po co.

Bo był to już czas zagłady.

Bastard rewolucji, demiurg nicości, bies wcielony gorszy niż z Dostojewskiego, setnik, komendant, samozwańczy ataman, wreszcie kombryg Efraim Homlski, któremu ręce opadały od ciężaru krwi chrześcijańskiej jaką miał na nich, napisany w miejscu żydowskich duchów, w czasie żydowskiej zagłady.

Hańba! Po trzykroć hańba!

Ja się nie skarżę, nie pałam rządzą odwetu, nie szykuję gniewu, ja płaczę nad losem Efraima, jak płaczę nad całym Izraelem.

Nie było nikogo innego w drugiej części roku 1943, kogo można by wyznaczyć do roli apokaliptycznego zła, niż Efraim Homlski?

Niech się pani zlituje nad starym, biednym Żydem i mu odpowie: Nie było nikogo?

Pani się zastanowi, drogie dziecko, a stary biedny Żyd pani odpowie.

Nie było.

Bo weszliśmy już do domu tej podłości.

„Gdzie jak spotkasz gród kamienny – To uderzy w głośne dzwony – I rozpuści włos płomienny – I żydowskim płaczem wrzaśnie – A jak chluśniem krwią, to zgaśnie – I przycichnie by mogiła – Strach, Panowie Gospodarze – Strach to cała nasza siła – Szczob my mieli czortów twarze – A z płomieni złotych kryła – Hej, a głos z szatańskich krzyków...".

Czyje to słowa? Nie wie pani? A skąd miałaby pani wiedzieć, przecież to przed panią skrzętnie ukryto. To jeden z krwawych specjałów Słowackiego, od którego wszakże skóra nie cierpnie.

Bo nie byłoby *Chłodnej jesieni*, gdyby wiek wcześniej nie napisano *Snu srebrnego Salomei*. Sewerynowicz świadomie, co go kompromituje, albo podświadomie, co go ośmiesza, jest kontynuatorem tego, co u Słowackiego irytujące i niegodziwe, nasiąknięte herezją, przesądami, słowiańskim kompleksem, polskim niespełnieniem, bo tego, co szlachetne, on nie unosi.

Próbuje, lecz nie unosi.

Nie wiem, kiedy Sewerynowicz dobrał się do tego krwawego dramatu, ale wiem, kiedy i co z niego wyniósł. Wziął, co z brzegu.

Nie powinien.

Niechby się zabawiał swymi konstatacjami nicości. Niechby się zaprawiał w pogaństwie. Niechby hodował w sobie czułość, od jakiej można zesztywnieć. Niechby przemijał razem ze wszystkimi swoimi przemijaniami. Niechby się zbierał i rozbierał we wszystkich swoich pensjonarskich nostalgiach, w nieudanej pogoni za krzepką nostalgią Babla, wielką nostalgią Lampedusy, magiczną nostalgią Faulknera. Niechby żył wszystkimi swoimi pisarskimi złudzeniami, prowadzącymi go do światów bez powrotu, ale niechby nigdy nie wchodził do domu podłości, gdyż zbyt dobrze znał siebie, by nie podejrzewać, że poczuje się w nim jak w domu.

I się poczuł, droga pani redaktor. I się, niestety, poczuł.

A panią to dziwi? Naprawdę pani tego nie rozumie?

Boże Wszechmocny, jak trudno przychodzi mi akceptowanie ignorancji innych i jak bardzo z tego powodu grzeszę.

Porównywanie czasu, jaki przeżywa teraz Polska do tego sprzed dwudziestu pięciu lat jest często powtarzanym idiotyzmem. Niech pani, drogie dziecko, się tym nie ośmiesza. Teraz Polska wychodzi ze źle prowadzonego, czasami przesadnie opresyjnego przedszkola ku, miejmy taką nadzieję, koncesjonowanej wolności.

Wtedy Polska wydobywała się z otchłani stalinowskiej nocy ku świtowi niezapowiadającemu pogodnego dnia, ale minimum światła, by istnieć.

Teraz jest szansa na równie durne jak było, nieco wygodniejsze życie, wtedy chodziło o łyk powietrza. Rozumie pani, jeden łyk. Jeden, jedyny łyk.

Jaką ja mogłem napisać recenzję *Chłodnej jesieni* wiosną 1955 roku w „Nowej Kulturze"?

Jaką ja mogłem napisać recenzję z opowiadania, które nie ogródkami, ale wprost rewolucję rosyjską nazwało zinstytucjonalizowanym bestialstwem, jakiego ludzkość w całej swojej plugawej historii jeszcze nie doświadczyła.

Co miałem napisać wiosną 1955 roku?

Że psychologia postaci chybiona, że intencje wątpliwe, metafory nietrafione, puenty niespuentowane, że antypewność filozoficzna podejrzana, że aksjologia, że mitologia, że co?...

Mogłem napisać recenzję entuzjastyczną albo milczeć. Wybrałem to pierwsze i nie żałuję. Do dzisiaj.

A dzisiaj?

A dzisiaj, drogie dziecko, ogłaszam pani, a przez panią innym, że tęsknota dysponentów i notariuszy reżimu, jak też jego zdeprawowanych beneficjentów, za akceptacją, powoduje, że są w stanie, mimo przyrodzonej im podejrzliwości, uwierzyć w każdą niedorzeczność.

Pod warunkiem, że się ją sprytnie podsunie.

Mogę dać słowo honoru, że nie ma takiego zakalca, którego oni nie przełkną, byle skórka była dobrze wypieczona.

Moja była. Ha, ha, ha... przepraszam, lecz czasami trudno się powstrzymać.

Sugestia, że Aleksander Sewerynowicz jest tegorocznym kandydatem do literackiego Nobla jest z tego gatunku, bo źródło tej informacji miało czystość kryształu. Bez megalomanii, pani redaktor, kryształu.

To im wystarczyło, by się napić i najeść.

Umówmy się, że niestrawność, jakiej się nabawili, nie będzie już podmiotem naszych dywagacji, bo to jest już zupełnie inna historia, o której możemy porozmawiać przy zupełnie innej okazji.

Czy tak się możemy umówić, drogie dziecko?

Część trzecia

16

To jest najgorsze.

Miałam upiorne wrażenie, że to do niego nie dotarło. Jakby nie było tej strasznej wiadomości, jakby tego wszystkiego nie usłyszał.

A przecież siedział obok mnie, ramię w ramię, jak za dawnych lat.

Znam go, ciociu, na wylot i wiem, że miewa stany zawieszenia, po których spodziewać się można wszystkiego.

Odrętwienia lub złości, smutku albo wręcz euforii, bezczynności albo energii, która jest w stanie roznieść wszystko na strzępy.

A tu obojętność, jakiej nie miałam okazji poznać. Jakby chodziło o kogoś, kogo sam nie rozpoznaje, kto jest mu najzupełniej obcy, kogo tylko obserwuje lub nawet nie.

I gdyby tak było, gdyby tak, ciociu, było, ale podejrzewam, że on coś przedstawia, nie mnie, bo co go teraz obchodzę, ale sobie.

Przedstawia siebie, jakim nie jest, lecz jakim, i tego się okropnie lękam, może będzie.

Wspomniał tak jakoś od niechcenia, że Miłosza znał sprzed wojny i że się raczej nie lubili. Potem zacytował fragment jego wiersza o jabłku odciętym od jabłoni, który ja też bardzo lubię i zauważył, że to wszystko jest bardzo śmieszne.

Pytam go, co jest śmieszne? To, że zabrali mu Nobla? A on, że to również.

Telewizor wyłączyłam natychmiast po tej strasznej wiadomości, a on zupełnie spokojnie, jakby usłyszał coś o następnym strajku, komitecie, lokaucie, rewolucyjnym pogotowiu, poprosił, żeby aparat włączyć, bo chce zobaczyć prognozę pogody.

Nigdy nie oglądał prognozy pogody. Zawsze mawiał, że nie ma najmniejszego wpływu na to, co dzieje się następnego dnia za oknem, że pogoda nie zależy od prognozy, bo jest taka, jaka będzie. Więc włączam, a on prosi mnie o papierosa. Podałam mu klubowego, bo na nic lepszego od dawna mnie nie stać, nie, ciociu, nie przesadzam, a potem zapalniczkę, a on do mnie, że zapalniczki nie potrzebuje.

Przypominam mu, że nigdy nie palił, a on, że właśnie dlatego nie potrzebuje zapalniczki.

Telewizor dudnił hiobowymi informacjami, bo poza tą o Noblu dla Miłosza, każda następna gorsza była od poprzedniej.

Aleks wskazał plamę na suficie po sierpniowych deszczach i powiedział, że będziemy się musieli do niej przyzwyczajać.

A ja mu na to, że niekoniecznie, bo nasza kucharka poinformowała mnie, jestem pewna, że nie bez satysfakcji, o decyzji jakiegoś komitetu czy komisji, przekazania naszego domu na przedszkole, żłobek, lazaret czy coś takiego.

Zapytałam go, czy to też uważa za śmieszne, a on, że to zależy z czyjego punktu widzenia.

Zaczęło się od wyłączenia nam linii, wiec nie mogłam do cioci dzwonić tak często, jak tego potrzebowałam. Nasz nieoceniony sekretarz Stach, tak, ciociu, ten z Iłży, przekonał rewolucjonistów, że Aleks jest tegorocznym laureatem Nagrody Nobla, że rzecz jest praktycznie przesądzona, więc decyzję o nacjonalizacji Grobli zawieszono i przywrócono nam telefon tak skutecznie, że coś nareszcie słychać.

Teraz pewnie odetną go nieodwracalnie. Zapytałam go, czy życie bez telefonu będzie uważał za zabawne, a on, że w zanadrzu ma coś zabawniejszego, że pożyczył od Lutka tydzień temu sto złotych akonto Nobla.

Tak, ciociu, od tego gbura. Też nie rozumiem, czemu Aleks go nadal zatrudnia, tym więcej, że ten cham nie świadczy nam niczego poza nieuprzejmościami. To jeden z tych, których te wielkie skądinąd wydarzenia rozzuchwaliły bezprzykładnie.

Pytam Aleksa, co jest zabawnego w tym, o czym mi powiedział, a on, że aby oddać Lutkowi musiałby pożyczyć od Stacha, a od Stacha nie pożyczy, bo też jest mu winien sto złotych.

Pytam go, czy druga pożyczka też była na konto Nagrody Nobla, a on, że od Stacha pożyczył, mając na względzie Fiedina. Wiec ja mu na to, rozumie ciocia, bez entuzjazmu, że Stacha w tej sytuacji będzie miał szansę spłacić.

Wie ciocia, że nic, jakby tego nie usłyszał. Zapytał mnie tylko, po kilku minutach milczenia, kiedy zaczęto nadawać sport, czy obserwuję wyniki Szombierek Bytom, czy się do tego przykładam.

Nie mam zamiaru niczego przed ciocią ukrywać, w końcu jesteśmy najbliższą rodziną, byłam pewna, że właśnie zwariował i muszę powiedzieć, że przyszło mi to z pewną ulgą, że być może w jego sytuacji zwariować jest najzdrowiej. Jaki pisarz jest w stanie przeżyć wiadomość, że prawie pewny Nobel był żartem? W końcu nikt nie wariuje bez przyczyny. Pomyślałam sobie, że to taka zatoka, w której bezpiecznie przeczekuje się szkwał. Chce wpłynąć, niech wpłynie.

A on do mnie, jakby już szykował się do wyjścia, jakby już nic tu po nim, że jest jednym z trzech honorowych wiceprezesów Szombierek Bytom, że dobrze by się było dowiedzieć, kim są pozostali, jaką dyscypliną sportu klub się zajmuje i z jakim rezultatem, że gdyby udało mu się pożyczyć sto złotych od Kaczmarkowej, to by się do Bytomia wybrał, bo ma wrażenie, że go tam oczekują. Pytam go, na konto jakiej nagrody chciałby zaciągnąć dług u naszej kucharki, a on, że o trzecim honorze Sapielak go jeszcze nie poinformował, ale wszystko przed nim.

Dodał też, że powinniśmy się napić koniaku, że brak okazji tworzy okazję najlepszą. Pytam go, czy jest koniak, a on rozkłada ręce i mówi, że gdyby był, to byśmy się napili.

Zapytał mnie, jak nazywał się koniak, który smakowaliśmy u Teresy Lartoux w Nicei, na dwa lata przed wojną.

A ja mu, że z tych dwóch rzeczy zapamiętałam pannę Lartoux. Ze wzgledu na jej urodę, dom czy wredny charakter, pyta Aleks. Nie, odpowiadam, ze względu na twoją do niej namiętność.

Raczej nie przesadzam, ciociu, raczej nie przesadzam. Przyznał zresztą, że to była głęboka i kosztowna namiętność, bo pojechał za nią aż do Neapolu, nawiasem mówiąc, jako mój oficjalny narzeczony, a tam obrobiono go dokładnie, głównie z moich pieniędzy.

Przypominam mu plotkę chodząca przez całe lato i jesień po Warszawie, że ta strata została mu przez pannę Lartoux wynagrodzona stokrotnie, a Aleks, że myśl o własnym ubóstwie przytłumiała radość ze zdobycia tej kobiety.

Proszę go, by mi przypomniał, co się z nią stało, a Aleks, że ostatecznie spadła z muła na górskiej przełęczy w okolicach sycylijskiego Corleone o szóstej po południu, zabijając się na miejscu. Zapewnił mnie, że zna okoliczności tego wydarzenia, bo był przy nim.

Nie, ciociu, nie przesadzam i nie sądzę, by przesadzał Aleks.

Pytam go jeszcze, czy to, co przy byle okazji opowiada przeorysza Lubraniecka jest prawdą?

A on, że nie wie, co opowiada to straszydło. No, że tego muła to starannie dobierałeś i wiele czasu minęło, nim trafił ci się taki jak trzeba.

A Aleks, że to nonsens, lecz jeśli ma być szczery, to do dzisiaj z rozrzewnieniem wspomina to zwierzę.

Cały Aleks, ciociu. Cały Aleks. Nie znam kobiety z nim związanej, która skończyłaby dobrze.

Mój los też to potwierdza.

Ale dzisiaj to mnie nawet cieszy. Kogo mam na myśli? To jasne, ciociu, bratanicę Kaczmarkowej. Tak, tę samą. Proszę sobie wyobrazić, że nieustannie. Kroku nie można zrobić, by na nią nie wpaść. Jest wszędzie. Mają ze sobą konszachty w sprawie koszenia chwastów, Chopina i bezdomnych kotów. Mówię wyraźnie, ciociu, bezdomnych kotów. Naturalnie, że ich nie cierpiał. Przez całe życie, tym bardziej to dziwi.

Ta dziewczyna podgląda nasz dom. Nic nie uchodzi jej uwagi, wsłuchuje się w każde słowo, ruch, uśmiech, w każdy smutek, w każdą nadzieję i zwątpienie mego męża.

Przegląda książki, wpatruje się w fotografie, zapamiętuje wiersze, siada do fortepianu, słucha Chopina – zmienia się.

Jest łakoma wszystkiego.

Przeczytała *Chłodną jesień* i powiedziała Aleksowi o tym opowiadaniu coś, co go bardzo przejęło.

Czasami mam wrażenie, że tę podpruszkowską, ordynarną piękność łączą z Aleksem nastroje, do jakich nie mam i nie będę miała nigdy dostępu, że oni są jakoś do siebie podobni. Że to coś niebezpieczniejszego dla mnie niż romans, że to wzajemność.

Ale bez obaw, bo wtedy, mawiam sobie w duchu, skończysz, moja mała, nie lepiej niż Teresa Lartoux.

Już on się postara dla ciebie o góry, przełęcz, muła, szóstą po południu i Corleone. Na Sycylii czy gdziekolwiek indziej.

Powiem cioci, że w ciemnym tunelu gorzkich rozczarowań widzę światełko, a jest nim los, jaki spotka tę dziewczynę, której się przewidziało, że do literatury wejść można znikąd.

I że moja niebiańska wyrozumiałość dla frustracji Aleksa, jego humorów, wulkanicznych złości, zdrad, całej jego coraz bardziej męczącej nieprzewidywalności, zostanie mi wynagrodzona smutnym losem tej dziewczyny.

Mam sześćdziesiąt pięć lat, nie oczekuję już od życia niczego poza spokojem, nie dostanę nawet tego, lecz by nie zostać z niczym, zostanę z taką satysfakcją. Dobre i to.

Mówię, ciociu, że dobre i to.

17

Dwa tygodnie temu zapytał mnie pan, czy znałem Nadsona, czy wiem, kto to był, czy czytywałem jego rozprawy?

Co odpowiedziałem, panie Stefanie?

Więc skłamałem. Znaliśmy się na wylot. Przyjeżdżał Na Groblę, zostawał na kilka, czasami kilkanaście dni.

Aleja, którą w tej chwili spacerujemy, to było miejsce naszych częstych popołudniowych wycieczek do pruszkowskiej szosy.

Nawiasem mówiąc, bardzo mi go pan przypomina. On zawsze powtarzał: Twórca im większy tym mniej do siebie należy.

Lubiłem go. Lubiła go moja żona, córka, nasza kucharka, lubiły go nawet nasze psy i mam wrażenie, że czuł się u nas trochę jak w rodzinie, której nie miał.

Zgadza się, panie Stefanie, nie przeżyli łódzkiego getta.

To był od najwcześniejszego dzieciństwa stary i mądry Żyd, wie pan, z tych odwiecznych. Miał niespotykane poczucie humoru. Zaśmiewaliśmy się z jego opowieści o wuju Garnfunkelu z Pińska, któremu nie udało się nigdy wygrać żadnej sądowej sprawy, aż wreszcie trafiła mu się taka, jakiej nie można było przegrać. Garnfunkel jednak ją położył, gdyż stwierdził, że w życiu trzymać się trzeba jakichś zasad, a zasadą jego życia jest przegrana.

Zaśmiewałem się ja, moja żona, córka, nasza kucharka, śmiały się nawet nasze psy. Potem go jakiś czas nie było, nie odbierał telefonów, nie pisał listów, aż pojawił się w końcu zimy sześćdziesiątego ósmego.

O dekadę się postarzał, panie Stefanie, i był przerażony.

Mówił gorączkowo o głupocie i brutalności tego, co się dzieje, o niszczeniu elit, o obrzucaniu błotem, którego już się przecież nie zmyje, o podważaniu rozumu, bezprzykładnym deprecjonowaniu inteligencji, o apetycie na fizyczną przemoc i o okropności antysemityzmu w dwadzieścia lat po zagładzie.

Mówił o wywoływaniu nienawiści i odrażających populistycznych nastrojów. Mówił o ludzie polskim z taką łatwością zamienionym w sforę gończych psów gotowych rozszarpać każdego, kogo im się wskaże.

Mówił o swojej bezradności i prosił o pomoc, błagał o pomoc, wreszcie o nią skamlał, już nie dla sprawy, idei, innych, lecz dla siebie.

Odmówiłem jej.

Czemu? Ba, żebym ja wiedział. Żebym ja to wiedział, panie Stefanie. Żebym ja to dzisiaj wiedział.

Okrutny żart?

Może. Bo wie pan, trudno mi nawet opisać przyjemność obserwowania jego lęku. Więc może tak, a może nie.

Przyjechał już taki szary, miękki, odkryty, pogodzony z własną bezbronnością, przygotowany na cios, jaki mu zadam, powiedziałbym nawet, tego ciosu oczekujący.

To nie było ładne. Do diabła, panie Stefanie, to nie było ładne. Jego stan w znaczeniu estetycznym nie był do zaakceptowania.

Półtora roku biłem się w partyzantce, nie na żarty. Wiem, jak cuchnie strach. Nic miłego, ale się go znosi.

Strach Nadsona śmierdział nie do zniesienia.

To było trudne, panie Stefanie, ale zdobyłem się na radę. Wie pan jaką? Poradziłem mu, by uwierzył w mądrość partii. Był wszakże jej wieloletnim i nie byle jakim członkiem.

Niech pan zaufa partii, Nadson. Tak mu wtedy poradziłem. Bóg mi świadkiem, że nie zostawiłem go z niczym. Dostał radę, którą u niewielu by wtedy znalazł.

Nie docenił jej.

Wyjechał z Polski w kilka miesięcy później, jak pan wie, na zawsze.

W mądrość? Pan mnie pyta, czy wierzyłem w mądrość partii? Nie, panie Stefanie, w mądrość nigdy, ale wierzyłem w coś dużo bardziej ekscytującego, w siłę. Lubię siłę, bo ona uwiarygodnia całą resztę. Nic nie ma bez siły, nawet Bóg był siłą, nim stał się, podobno, miłością, gdyż wszystko na tym świecie bierze swój początek z siły. Wierzyłem w determinację, w przekonanie o własnej racji.

Wierzyłem w twardość.

Byłem świadkiem jej zwycięstw i miałem prawo tak sądzić.

Przewrotny urok despotyzmu, wdzięk przemocy, podniecenie towarzyszące niebezpieczeństwom uzurpacji – są sposoby na uwodzenie.

We mnie nigdy nie było ptasiego oczarowania komunizmem, paryskiej inteligencji, znudzonej monotonią mieszczańskiego ładu. We mnie było proste oczarowanie dekadenta witalnością zwycięzcy, który we mnie zasmakował. Być w rydwanie szaleńców miażdżącym wszystko po drodze też ma swoją wartość, jak się do niej dorasta.

Ale to już chyba historia. To, co się teraz w Polsce dzieje... Nie wiem, doprawdy nie wiem, czy z próby tej wyjdziecie zwycięzcy, czy pokonani, ale jakby nie poszło, barbarzyńską młodość macie już za sobą. Jaką? Scytyjską? Niech będzie, panie Stefanie, że scytyjską.

Tak czy owak, czuję się rozczarowany, więc zwolniony z lojalności. Jestem głęboko rozczarowany waszą dojrzałością. I nawet jeżeli z największą pokorą, tak przecież niepokorni i nieustępliwi, postanowiliście być dla mnie opoką, w której cieniu dacie mi tyle wolności, ile zapragnę, to erozja tej opoki ośmiesza darowywaną wolność.

Pan dwa lata temu, tu, w moim domu, próbował mnie przekonać, że między szambelanem Nehringiem a kombrygiem Homlskim jest wielka przestrzeń i każda możliwość. Gówno prawda, nie ma nawet szpary, jest jedno albo drugie.

Nigdy nie przyszłoby mi do głowy, że w tym względzie rozczarujecie mnie tak szybko. To mnie już nie bawi, panie Stefanie, przygoda z wami skończona.

A teraz coś nie mniej ważnego.

Nadson, Żyd odwieczny, musiał mieć rację, gdy mówił w radiu Wolna Europa, że *Chłodna jesień* to nieudane opowiadanie, że po opuszczeniu Ukrainy jej światło we mnie zgasło. Bo oni, panie Stefanie, zawsze mają rację. Tak jest ze starymi rasami. Z mocy, zdrowia, odwagi i impetu została im tylko niepodważalna racja, przemieniająca się nieustannie w prawdę. Ale ja, przedstawiciel rasy młodej i dzikiej, przechodzę mimo ich racji, bo ich racja, a niechby i prawda, mnie nie rozbraja, nie obnaża, nie rani, ja od ich racji, a niechby i prawd, nie bezsilnieję. Idę dalej i spotykam się z racją, której nie ominę.

Jesteśmy przy figurze śmiejącego się fauna, panie Stefanie, i tu się na chwilę zatrzymamy, bo z tego miejsca jakiś czas temu przypatrywała mi się Antonina Hawryniuk, zwana w stanicy Armiejskiej Tunią lub Paranią, kiedy w południe drzemałem na werandzie domu.

Zrozumiała, że czas mi się przyśnić i we śnie poskarżyła się, że naraziłem ją na cierpienie, z jakim nie może sobie poradzić, gdyż zabrałem ją człowiekowi misternemu, by rzucić w objęcia potwora. Pożałujesz mnie, panie, zapytała. Pożałowałem, bo tak w moim życiu się złożyło, że nie mam nikogo bliższego niż to dziecko. Czym są inne skargi wobec skargi dziewczyny? Więc się przy niej zatrzymuję i nad nią pochylam w pokorze, jaka jest mi już dostępna.

Jak mam odebrać nagrodę, którąkolwiek, w takim pochyleniu i jak mam się wyprostować wobec takiej skargi?

Nadson?

A co on ma wspólnego z tym snem?

Konstatacja, że świat jest bezsilny wobec zła bywa słuszna, lecz zadowolenie z tego, ponura satysfakcja, to grzech.

Nadson nie potrafi się pozbyć wobec mnie najgorszych podejrzeń.

Niech pan zauważy, ile to nieszczęść pracowało na jego nieufność. Ile bied, chorób, kalectw, wygnań, pogromów, wreszcie zagład. Nic tak nie zaprawia człowieka w przenikliwości jak nieszczęście. Nie brakowało go im. Przeszli przez wszystko, ponawlekani na swój wspólny ból. Nie mają już żadnych złudzeń. Nie wierzą w nic. Nadson, stary, odwieczny, mądry Żyd, powiada jednak tak: żeby świat miał przód i tył, ktoś te złudzenia musi jednak w sobie hodować. No, proszę... A niby kto? No, na przykład Aleks Sewerynowicz. On? A czemu nie? Poprosimy go o złudzenia, których sami już nie mamy. Poprosimy o radości, my, zanużeni w bezdennym smutku. Namówimy na cel, przekonani, że nigdy się go nie osiąga. Wypatrzymy nadziei, sami z niej raz na zawsze wyleczeni. Zażądamy tego od Sewerynowicza w imieniu literatury, którą następnie postawimy przed naszym kapryśnym sądem.

Pieprzyć go. Pieprzyć Nadsona. Pieprzyć ich wszystkich. Pieprzyć wszystkie stare rasy. My przedstawiciele ras młodych i dzikich... Do bramy, panie Stefanie, w lewo.

Z Nadsonem? Nie powiedziałbym.

Dlaczego?

Bo gdy wsłuchiwałem się w lęki tego mądrego człowieka, oddanego sztuce, kulturze, cywilizacji, kiedy przyglądałem się najgorszym przeczuciom tego Europejczyka, pomyślałem, że odmawiając mu pomocy, będę musiał prędzej czy później za to zapłacić. Nie Bóg, historia, naród, przeznaczenie tylko najpowszedniejszy ludzki los wystawi mi za to rachunek do uregulowania. Tak sobie wtedy myślałem i myśląc o tym, poczułem masochistyczną wręcz przyjemność z kary, jaką sobie za to wymierzę.

Starym już jestem człowiekiem i choćby nie wiem jak bardzo istnienie wydawało mi się chybione, nie chce go kończyć, nie załatwiwszy kilku spraw. Zdarzyła się okazja nie do powtórzenia.

Z Nadsonem jestem kwita, z wami również. On był ofiarą mojej nieczułości. Ja jestem ofiarą własnych fascynacji. Wy jesteście ofiarą nas obydwu. Sprawy, krótko mówiąc, dokonane.

Jesteśmy przy kamiennej bramie. Stąd się już wraca, panie Stefanie. Stąd się już tylko wraca. Tylko wraca.

18

Kiedy się do mnie zgłosili, pięć lat temu, nie postawili sprawy na ostrzu noża. Zapytali tylko, czy nie zrobiłoby mi różnicy, gdybym od czasu do czasu podzielił się z nimi informacjami o Grobli. Tak to określili. Czy nie zrobiłoby mi wielkiej różnicy, gdybym od czasu do czasu opowiedział im coś o nastroju domu i jego mieszkańców. Czy nie zrobiłoby mi to wielkiej różnicy.

Odpowiedziałem bez ociągania, że żadnej.

Mam w oczach ten dzień i miejsce. Ogródek kawiarni Ulubiona, vis à vis Riviery, południe, lato, ciężki upał.

Dwaj ludzie w moim wieku, pani Mario, ujmująco grzeczni i przyjaźni.

Zapytałem z czystej ciekawości, czy chodzi wyłącznie o nastrój? A oni, że nic innego ich nie interesuje.

Postawili mi duńskie piwo w puszce i solone orzeszki, które, mam wrażenie, przynieśli ze sobą. Po kwadransie zostawili mnie samego, a ja, przysłuchując się gwarowi ulicy, popalając pozostawione mi marllbora, zapytałem siebie, co skłoniło cię, sekretarzu Weremczuk, do tak skwapliwej zgody? Pomyślałem, że do końca tego długiego, lipcowego dnia, znajdę na to odpowiedź.

Nie znalazłem.

Następne dni, tygodnie, miesiące i lata też jej nie przyniosły.

Bo przecież nie mogła być nią przyjemność, jaką odczuwałem przed każdym spotkaniem z moimi anonimowymi przyjaciółmi, ten dreszcz emocji jak przed zakazaną schadzką. Przecież jestem, przekonywałem siebie, ponad taką dziecinadę. Nie mogło to być też poczucie misji, jaką mam do spełnienia, bo wobec kogo?

Nie rozwiązuję w ten sposób żadnego swojego osobistego problemu, bo ich szczęśliwie nie mam. Nie leczyłem kompleksów, nie tłumiłem frustracji, nie odpędzałem rozbrajającej mnie sublimacji, nie obmywałem się w zdrowym, antyintelektualnym prostactwie, gdyż moja łatwa natura nie domagała się takich lekarstw.

Nie połakomiłem się na pieniądze, ponieważ moi nowi przyjaciele w swej wielkiej kulturze i delikatności nigdy mi ich nie zaproponowali i nie dali do zrozumienia, że w przyszłości mógłbym na nie liczyć.

Kiedy im opowiadałem sam z siebie, nie pytany, o wielkiej powieści, nad jaką z szefem od pewnego czasu pracujemy, o pustce, która będzie jej treścią i jedynym bohaterem, a oni, przecież gruntowniej ode mnie wykształceni, wątpili, czy coś, co nie istnieje, może być treścią czegoś, co powstaje, to to kłamstwo wierutne nobilitowało moją intencję, by szef ani razu im nie spowszedniał, by nie zapominali, że obiekt, jaki zresztą tak leniwie rozpracowują, czyni im zaszczyt.

Pustka to musi być trudny bohater, mawiali, kręcąc głowami, a ja im odpowiadałem: dlatego nie idzie nam szybko.

Z czasem umacniało się we mnie wrażenie, że winduję ich swoimi opowieściami w stratosfery intelektu, że odrywam ich od świata, który kaleczy swoją dosłownością, że sam przy okazji zabieram się z nimi na wycieczki, jakie dla pana Aleksa były coraz uciążliwsze.

Lubiłem te spotkania i miałem do moich przyjaciół pretensje, że mi ich skąpią, że muszę ich na nie namawiać, że się do nich łaszę, dostosowując się do każdego miejsca i terminu.

Mój zapał był jednak coraz mniej doceniany. Oni awansowali, a ja nabierałem pustej pewności siebie. Czasami odnosiłem wrażenie, że to ja ich wzywam i przesłuchuję. W cztery lata po pierwszym spotkaniu w ogródku kawiarni Ulubiona zdałem sobie sprawę, że znajomość ze mną im ciąży. Nasze kontakty stawały się coraz rzadsze, coraz krótsze i w coraz bardziej przypadkowych miejscach, a ja w zamian nie mam niczego, co mogłoby mi to zastąpić.

Pogodziłem się z myślą, że nasza zażyłość dobiegła kresu, że właśnie na własnej skórze doświadczam przepowiedni pana Aleksa – rzeczy w tym świecie rozpoczynają się bez przyczyny i bez przyczyny się kończą.

Pogodziłem się z tą myślą nie bez smutku, jaki towarzyszy rozstaniom, gdy miesiąc temu koło biblioteki na Koszykowej podjechali ostro pod krawężnik i zaprosili do auta.

Zmianę, która musiała rozpocząć się wcześniej, dostrzegłem dopiero w środku steranej łady. Z przykrością zauważyłem, że dwaj moi przyjaciele nie są już eleganckimi, wysportowanymi, młodymi absolwentami warszawskiej polonistyki, tylko ludźmi mocno już zaśniedziałymi. Mieli szare twarze, niespokojne oczy, cuchnące oddechy, napęcznieli niezdrowo od wódki, przepalili się papierosami, jeden z nich gwałtownie łysiał, a ten przy kierownicy nosił optyczne okulary. Nie powiedziałem, że stało się to z dnia na dzień, powiedziałem, że dopiero we wnętrzu auta, kiedy ruszyli po chamsku do placu Na Rozdrożu, przejeżdżając czerwone światło, zauważyłem tę zmianę.

Była bez znaczenia wobec zmiany w ich zachowaniu.

Nie mieli cierpliwości do nastroju.

Nawet próbowali mnie słuchać jak dawniej, ale im to nie szło. Zaczęli zasadzać się na konkrety. Co to znaczy?

Fakty, daty, godziny, kontakty.

A tego w naszej umowie nie było, więc im to przypomniałem. Obrzucili mnie wyzwiskami, jakich Lutek by się nie postydził. Dali mi do zrozumienia, że umowa jest taka jaka była, tylko czasy się zmieniły.

Obiecali, że dadzą mi okazję zamiany pedalskich dywagacji na męskie czyny. Próbowałem im wytłumaczyć, że nie mam takich ambicji, a oni, że to już mój prywatny problem.

Wyrzucili mnie na szczycie Agrykoli, ostrzegając, że gdyby przyszło mi do głowy ich kiwać, niedługo nacieszę sie tym zamiarem.

Kiedy to było?

W dzień po wizycie Sapielaka Na Grobli, podczas której namówił pana Aleksa do odrzucenia nagrody Fiedina, by zmierzyć się z Noblem.

Tak, pani Mario, to było dzień lub dwa dni później, a gdy minęły dwa tygodnie, zrobiłem to, czego zażądali.

Pyta pani, czego zażądali? Tego, czego zawsze na końcu żądają tacy ludzie.

Zdrady.

Przygotowaliśmy z panem Aleksem lakoniczną, wyważoną, lecz i stanowczą odmowę przyjęcia sowieckiej nagrody imienia Fiedina, zgodną z sugestiami Sapielaka, który podstawił nam swój służbowy samochód z kierowcą, by ułatwić moje zadanie, ale też mieć nad tym pieczę. Zacząłem od biura Reutera, potem była kawiarnia Ambasador, gdzie czekała na mnie przedstawicielka Prensy, potem hotel Forum, gdzie umówiłem się z Udo Hartmannem z DPA, następnie France Presse i cztery kolejne agencje prasowe. Jeździliśmy według marsztruty wytyczonej przez Sapielaka i jego szefów.

Ale komunikat pana Aleksa za każdym razem trafiał do moich przyjaciół od nastrojów. Odbierali go ode mnie przy wejściu do biur, kawiarń, hoteli, a zdumionym rezydentom tłumaczyłem, że zaszła pomyłka i ktoś mnie z nimi omyłkowo umówił.

Straszne?

Naturalnie, że straszne, ale jakie miałem wyjście poza śmiercią. Tak, to też ze sobą ustaliłem. Jeżeli pana Aleksa ominie Nobel z powodu mojej zdrady, to rzucę się pod kolejkę. Bogu dzięki poufna informacja Nadsona okazała się żartem, który uratował mnie przed piekłem.

Bogu dzięki dla mnie, jak słusznie mi pani podpowiada. Przysługa za przysługę, pani Mario. Ja też coś pani podpowiem. Moja zdrada jest dla pani ratunkiem.

Czemu?

Uniemożliwiła panu Aleksowi odebranie nagrody Fiedina, nawet gdyby to była ostatnia w jego życiu rzecz jakiej pragnie.

On nie ma już powrotu do swego na chwilę zakłóconego marzenia, a pani do swego niepokoju, do swojej paniki, do swego wstydu, gdyby tę nagrodę przyjął. Ja natomiast nie mam powrotu do siebie, jakim byłem przed zdradą.

Nic tu już po mnie.

Nim jednak zatrzęsie panią oburzenie lub zablokuje usprawiedliwiona pogarda dla mojej nielojalności, zamieńmy kilka zdań na temat niemocy twórczej pani męża, nie po to, żeby się nad nią znęcać, ale by wytłumaczyć mój u państwa pobyt.

Bo to było oddanie, które odkupiło zdradę.

Z dużą nadwyżką, gdyby interesowały panią szczegóły.

Jeżeli zanurzałem się w szambie sprzeniewierzenia, to krystaliczne źródło najlepszych intencji mnie z niego obmywało.

Dwanaście lat minęło, od kiedy milczy.

Nasze chaotyczne, z roku na rok, bezwładniejące próby odnalezienia inspiracji twórczej już gdziekolwiek przynosiły wyłącznie rozczarowania.

Żadne wspomnienie, przyjaźń, romans, podróż, awantura, żaden artystyczny konszacht nie mogły go ruszyć.

Był jak zatarty motor.

Ja jednak robiłem, co się dało, a z czasem nawet więcej. Buszowałem po antykwariatach, odnajdywałem zapomniane teksty, robiłem konspekty z rzeczy nawet karkołomnych, notowałem ślady po pomysłach, wymyślałem pisarzy, namawiałem na wynurzenia, prowokowałem spory i jak pani pamięta, kłótnie – wszystko jak w studnię bez dna.

Zanurzałem się razem z nim w pustkę, gubiłem swoją rolę, wyczerpywałem się wraz z nim i coraz trudniej rozpoznawałem siebie.

Przyjmowałem winy tym skwapliwiej, im głębiej bywałem obarczany takimi podejrzeniami.

Buntowałem się przeciwko niesprawiedliwości, ale jednocześnie męczyły mnie myśli, że inny sekretarz znalazłby może sposób na jego niemoc, że jestem prowincjuszem z Iłży, nad którym się państwo swego czasu ulitowali, przysposabiając do zajęcia, jakiemu nie podołałem.

Nie powiodła się też ostatnia próba znalezienia natchnienia w Eliocie, którego obydwaj cenimy. Im głębiej się w niego zanurzaliśmy, tym szczelniejsza kurtyna zapadała między nami. Wielki był poeta, lecz obcy.

Iłża nam też nie sprzyjała. Zaglądaliśmy do osad wokół niej, na łąki, do lasów, nad rzekę – wszystko milczało.

Błagałem, tak, pani Mario, potem już tylko błagałem, wracajmy na Ukrainę, głęboką lub tę najbliższą – to jest pana przestrzeń, szefie.

Niech pan przedstawi podróż, pierwszą, wielką, dziecięcą podróż w trzy bałagulskie zaprzęgi, zimą 1917 roku ze stacji w Kalinowce do dworu swego wuja Kosielskiego.

Niech pan opisze ten step, ledwo przyprószony śniegiem, to bezwietrzne, lutowe zimno, stada zdziczałego, białego bydła z rogami jak kandelabry, przypatrującego się wam z oddali, ten dzień przechylający się ku nocy miarowo, jakby go kto kamertonem mierzył.

Niech pan opisze coraz bardziej niedowierzające pytania pana matki w miarę umykania dnia i dłużącej się podróży, raz w kłusie, raz w galopie – A czyje to ziemie?

Hrabiego Kosielskiego, odpowiadał nieodmiennie jamszczik. A czyje to bydło? – pyta pana matka. Hrabiego Kosielskiego, łaskawa pani, odpowiada woźnica. Pół dnia temu było hrabiego Kosielskiego – nie dowierza pana matka. I za pół dnia też będzie jego – uspokaja jamszczik. To duży kraj.

Schylał się mroźny, spokojny dzień, a ziem hrabiego Kosielskiego jakby z każdą wiorstą przybywało i stada mnożyły się w nieskończoność, i ptaki powsiąkały w ołowiany nieboskłon, i chłopiec siedmioletni, zagrzebany w słomę po szyję miał wrażenie bezpiecznego przemierzania wszechświata, który przecież niczym się nie zaczyna i na niczym nie kończy. I tylko cienie na śniegu się wydłużały i bladły, gdy coraz nieodzowniej zostawiali je za sobą. Mimo jazdy wszystko zdawało się nieruchomieć, nawet kruki w niebie.

Aż u progu nocy rozjaśnionej sypkim śniegiem ujrzał otwartą na oścież, wyrastającą ze stepu jak katedra samotną, kamienną bramę, i bałagulskie zaprzęgi, ścigając się ze sobą, wbiły się w nią w chojrackim galopie i podróżni znaleźli się nagle na jakimś pobojowisku, a wokół dymiły zgliszcza i zgliszcza, i zgliszcza.

Nie było wuja, rozgrzanych kaflowych pieców opalanych słomą, dworskich kozaków, gorącej herbaty z rumem, koźlej pieczeni, gruszek w beszamelu, dębowego stołu na dwadzieścia pięć osób i portretów na ścianach.

Świat się przekręcił w wielką niewiadomą.

Zostały tylko wyprzężone z rysaków zaprzęgi, a woźnice zniknęli, zabierając konie.

Niech pan to opisze, błagałem. Takich obrazów nie

znajdzie pan w Iłży, ani w Kamionce, ani w Skaryszewie, ani w niczym, co nas otacza, rani, koi, cieszy, smuci. Co milczy lub do nas gada.

Niech pan skorzysta z tej przewagi.

Ja przed panem klęknę i poproszę.

A pan skorzysta.

Co on na to?

To co zawsze,pani Mario, że już raz to zrobił.

W czym, kiedy, jak? – krzyczę.

W Chłodnej jesieni, odpowiada.

Tego w *Chłodnej jesieni* nie ma. A on, że jest, tylko się nie doczytałem. Bo w *Chłodnej jesieni* jest wszystko, czego nie ma w *Limanie ostrołukim*. Bo w *Chłodnej jesieni* jest wszystko, czego zapomniał w *Burzanach* i *Scytyjskiej kołysce* i w *Podróżach do Florencji* nawet.

A teraz musi opowiedzieć o sobie przez inne miejsca, inne przestrzenie, inne kosmosy, innych ludzi.

Przez Iłżę? – pytam.

Czemu nie – odpowiada. – Czemu nie.

A mnie męczyła coraz dotkliwiej myśl, że milczenie tego wielkiego pisarza jest związane z moją bezpłodną obecnością.

Czas z nią skończyć, mawiałem sobie od pewnego czasu, dzisiaj mówię to sobie po raz ostatni.

Słucham?

Brakuje mi w pani pytaniu zimnego tonu, na jaki się przygotowałem.

Jest pani zasmucona? Jest pani zasmucona i ciekawa moich planów, jakby nie usłyszała pani tego co opowiedziałem?

Czasami się zastanawiałem, skąd biorą się w pani spokój i dobroć, czy przypadkiem nie z wygody? Wolałbym, pani Mario. Wolałbym, żeby mi pani nie wybaczyła, bo już nie chcę być pani dłużnikiem. Przecież nie wyprę z pamięci wygodnego pokoju, bogatej biblioteki, sąsiedztwa stolicy, rozkosznych letnich śniadań na werandzie domu, rozmów z ludźmi, jakich bym w Iłży nie poznał, koncertu Rubinsteina na państwa rozklekotanym fortepianie, a potem jego opowieści o Szymanowskim i Kochańskim, niezapomnianej podróży do Florencji i na Capri.

Przecież nie powiem – było, minęło.

Och, pani Mario, nie byłbym chłopskim dzieckiem spod Iłży, gdybym tego nie wiedział. Nie byłbym chłopskim dzieckiem.

Nieprawda, nie płaczę. Wcale nie płaczę. Mam katar i tyle.

Musi pani pamiętać kościół w Skaryszewie, na wzgórzu przy drodze. Na jego tyłach, nieopodal plebanii, jest szkoła. Rodzice napisali mi, że od kilku miesięcy poszukują nauczyciela polskiego. Chyba go już znaleźli, pani Mario. To kilkanaście kilometrów od Iłży.

Jak będzie? A jak ma być, normalnie. Za kilka lat odwiedzę państwa, może już jako kierownik tej szkoły. Ma się rozumieć z żoną i dziećmi.

Będę posiadaczem małego fiata, mieszkania w bloku, psa i niewykluczone, że uda mi się przytyć.

Na powitanie powie pani, że świetnie wyglądam, a ja odpowiem: to dlatego, że dobrze mi się dzieje. A pani będzie wiedziała, że to nieprawda.

Nikt w Iłży, Skaryszewie i Kamionce nie dowie się, że

godzinami włóczyłem się po Uffizi we Florencji, że wieczorami wyprawialiśmy się na ryby z rusztu do Ostii, że jadałem śniadania z Pablem Nerudą w nicejskim pensjonacie, że rozmawiałem z Roztropowiczem, że na Sycylii słuchałem Nina Roty i popołudniowego greco wiejącego przez Syrakuzy, a dech w piersiach zaparła mi katedra w Monreale, gdy obok Montherlanta przypatrywałem się jej portalowi.

Nikomu o tym nie wspomnę w Iłży, Skaryszewie i Kamionce, bo to nie będzie miało nic do rzeczy.

Ale będę o tym pamiętał, a jeżeli codzienność wyprze wspomnienia, to ją poskromię.

Nie, wcale nie. Mam katar, przecież mówiłem.

Kiedy?

Nie wiem, jak najszybciej. Jestem już spakowany, jeszcze tylko kilka drobiazgów.

Napiszę do niego list. Ale nie zaraz. Dopiero jak się urządzę. Postaram się o mądry, odważny, męski list.

Nie potrafię się teraz pożegnać z panem Aleksem... to znaczy z mistrzem. Wybaczcie. Wybaczcie mi, najdrożsi. Wie pani, każdego poranka, jeszcze w łóżku powtarzałem sobie, że ten pisarz, ten wielki pisarz... Słucham? Co on niesie? Koty, pani Mario. Mam dobry wzrok. Mistrz zbliża się ku nam od kamiennej bramy i w kartonowym pudle niesie koty. Powiem pani nawet, że cztery. Powiem pani nawet, że jeden z nich jest rudy.

No, czas na mnie. Poda mi pani rękę? Pani Mario, czy pani mnie słyszy? Zapytałem, czy poda mi pani na pożegnanie rękę. Pani Mario, czy pani mnie słyszy? Za kwadrans muszę wyjść do kolejki. Tak, tak... za kwadrans.

19

Zgadza się, panie Aleksandrze, w Moskwie tysiącdziewięćset sześćdziesiątego trzeciego roku. W pałacyku Razumowskich przy Twerskiej, od lat dwudziestych Gorkiego.

Ma pan prawo tego nie pamiętać, bo minęło blisko siedemnaście lat, a poza tym był pan zajęty kimś innym, ale to się zdarzyło.

Ponura sprawa.

Wyjątkowo ponura sprawa.

Rozmawiam z panem przez jedyny telefon, jaki mi pozostawiono, bez zgody towarzysza Pałki, Wydziału, sekretariatu i egzekutywy.

Dzwonię, że się tak wyrażę, na własną rękę przez jedyny telefon z wyjściem na miasto, ponad wszelką wątpliwość podsłuchiwany.

Wiem, że powinienem się z tym do pana pofatygować, ale zabrano mi auto, a w kolejce by mnie zlinczowano.

Więc proszę, by w rozmowie był pan ostrożny, bo ja już nie muszę.

Nie pociesza mnie to. Nie pociesza mnie, że jest panu przykro, drogi mistrzu.

Sarkazm? To jest moje prawo, z którego wobec pana nigdy nie skorzystam.

Wracając do Moskwy, Iwana Suczki też pan pewno nie pamięta. Tak, zgadza się, bardzo charakterystyczny wygląd, powiedziałbym – niesowiecki, ale los już nie. Życie radzieckie w całej swojej głębi i pełni. Dom dziecka w Permie, bo rodzice przepadli w chaosie wojny domowej, potem ulica, jakaś młodzieżowa banda, osiem lat kolonii karnej na Uralu, ucieczka z jakiegoś etapu, więc dodatkowo lat dwanaście, z tego trzy na Kołymie.

Po śmierci Stalina objęty amnestią, zatrudniony w zakładach metalurgicznych sto kilometrów od Moskwy. Kółko literackie w przyzakładowym domu kultury, debiut w zakładowej gazecie. Następne opowiadanie już w moskiewskim żurnalu, drobna nagroda, stypendium, aplikacja w Związku Literatów – jakoś poszło.

Talent niczego sobie i bystrość jak to u zeków, nic mu nie umknie. Jeżeli jest coś do zauważenia, zauważy.

Więc naturalnie zauważył i zapamiętał, jak pan, panie Aleksandrze, podczas bankietu w pałacyku Razumowskich zajęty był piękną dziewczyną z Litfondu, a panem zajmował się młody, drobny, smagły człowiek o posępnej kaukaskiej urodzie.

Nikt go nie znał, ale skoro wszedł, widać mógł.

Młody człowiek obserwował pana, ale nieobca jego spojrzeniu była i dziewczyna.

Iwan Suczka poznał życie w jego najpodstępniejszych podstępach, nie do tego jednak stopnia, by rozsądzić, czy Kaukazczyk interesował się panem ze względu na dziewczynę, czy dziewczyną ze względu na pana, a gdy już do tego doszedł, po pana nagłym zamroczeniu od rosyjskiego szampana, moskiewskiej wódki i osetyńskich koniaków, było za późno.

Młody człowiek z Kaukazu lub jego przedpola podszedł do dziewczyny i w gwałtowny sposób, jaki wyróżnia dżygitów, sprzedał jej swoją pretensję.

Dziewczyna zachowała się jak należy, rozpędziła żal dżygita stekiem moskiewskich przekleństw i wyzwisk, które, jak zrelacjonował mi Iwan Suczka, mogły być jeszcze grubsze, ale już niewiele.

Młody człowiek z Kaukazu też zachował się bezbłędnie i huknął dziewczynę na odlew w twarz.

Miał pecha i to podwójnego.

Tak, drogi panie Aleksandrze, to nie był tylko jeden pech.

Dziewczynę o pięknym imieniu Weronika i jeszcze piękniejszym nazwisku Raniewska tydzień wcześniej nominowano do stopnia oficerskiego NKWD, czy jak oni się tam teraz nazywają, a po Kaukazczyka przyjechali ci z Drozdowa.

Gdybyż to byli chłopcy skądkolwiek, nawet z samej Łubianki, pech byłby tylko jeden.

Przyjechali jednak z Drozdowa.

Dwie godziny później młody człowiek z Kaukazu lub jego przedpola był już tylko workiem wypełnionym mięsem, limfą, krwią i resztkami kości.

Nic już w nim nie było całego.

Miał tylko wybór między dobrą a złą śmiercią.

I mu go dali, bo nawet ci z Drozdowa mają chwilę, w której nie są bestiami.

Pytanie było uporczywie to samo. Nazwisko, otczestwo, imię. Odpowiedź też nie inna.

Efraim Osipowicz Homlski, kombryg, zwany nad Dnieprem Krwawym Tulipanem.

Jesteś pewien, że nie masz nam już nic więcej do powiedzenia? A Efraim podniósł głowę lub raczej to co z niej pozostało i odpowiedział, że jest.

Zanieśli go w kocu do piwnicy i wrzucili do rozrzażonego węglowym miałem pieca. Bo to byli, panie Aleksandrze, chłopcy z Drozdowa.

Czemu opowiadam to panu dopiero teraz?

Bo zwolniłem się z lojalności wobec swego urzędu. Czy jeszcze go pełnię? Nawet mnie to nie interesuje.

Ale jest drugi powód, ważniejszy.

Organizacja, Wydział, komisja, egzekutywa, członkowie, ich zastępcy i towarzysz Pałka osobiście zmierzą się teraz z kłopotem, przy którym kombinacja z nagrodą Nobla to była mysz. Mała, szara mysz.

Dlaczego?

Dlatego że ja też nie mówiłem panu prawdy. Nie powiedziałem panu prawdy o nagrodzie Konstantego Fiedina.

Kiedy miesiąc temu pojechałem na Belwederską, by zobaczyć się z ambasadorem, jednym z jego zastępców lub ostatecznie sekretarzem, a przyjął mnie tylko ich attaché kulturalny, to on nic nie wiedział o nagrodzie Fiedina i nic nigdy o niej nie słyszał.

Bo też nie było o czym.

To wyróżnienie przyznawane w mieszkaniu po Fiedinie przez jego rodzinę i grupę przyjaciół. Laureat ma prawo do wyboru jednej książki z umiarkowanie bogatej biblioteki pod warunkiem, że jedną swoją pozostawi w zamian.

Nic też nie wiem, żeby laureatami tej nagrody byli Bek i Grossman, a nawet gdyby się tak stało, to nie sądzę, by o tym usłyszeli.

Honoru tego nie otrzymał istotnie żaden pisarz spoza Rosji, a nawet spoza Moskwy, gdyż organizacja przyjazdu i pobytu laureata przekraczała możliwości kompletnie stetryczałej kapituły. Nie radzili sobie z niczym poza niekończącymi się laudacjami, przy których obecni najczęściej zapadali w głęboki sen. Podobno raz jeden, kilkanaście lat temu, udało im się podczas uroczystości podać herbatę z konfiturami, ale skończyło się to jakimś nieszczęściem i postanowiono więcej nie prowokować losu taką ekstrawagancją.

Iwan Suczka, zakolegowałem się z nim podczas urlopu na Krymie, powiadomił mnie, że kapituła nagrody, do której dał się wciągnąć, ma w tym roku nierozwiązywalny kłopot. Połowa chce przyznać wyróżnienie poecie debiutującemu grubo przed rewolucją październikową, a druga połowa upiera się przy eseiście z Ojmiakonu. Wiersze sędziwego poety nic nie są od dawna warte, a Jakut jest nowobogackim chamem, podejrzanie dobrze zadomowionym w Moskwie.

Poradziłem, by zrobić to, co robią inni w takich sytuacjach, przyznać nagrodę trzeciemu. Trzeciego nie mamy, na to Suczka.

Zdarza mi się myśleć szybko. I jeszcze szybciej kojarzyć. Sugestię Jerzego Nadsona, że miałby pan szansę na

Nobla, gdyby uczynił pan jakiś spektakularny gest zaświadczający o pana uniezależnieniu się od reżimu, połączyłem natychmiast z rysującą się możliwością.

Przekonałem Suczkę, a przez niego pozostałych kapitulników, do pana kandydatury nie tylko, proszę mnie dobrze zrozumieć, panie Aleksandrze, nie tylko siłą własnej perswazji, ale tym, czym od zarania świata przekonuje się nieprzekonanych.

Mieliśmy zatem radziecką nagrodę, którą bezkarnie w świetle fleszy by pan odrzucił. Nie mogło nam się trafić lepiej.

Cała moja opowieść o niekwestionowanym znaczeniu pańskiego pisarstwa dla rosyjskiej literatury i o jej dotkliwej ułomności bez pańskich utworów to tylko legenda. Ale nie bajka. Bo nie ma takiej legendy, która by się wzięła znikąd.

Rosjanie to wiedzą i przygotowali nam kłopot, przy którym ten z Noblem to mysz.

Mała, szara mysz.

Wygląda na to, że podzieli go pan, panie Aleksandrze, z moimi szefami, bo mnie to już, Bogu dzięki, nie dotyczy.

Nagrodę Fiedina pan ostentacyjnie odrzucił, nikt jednak o tym nie wie, bo zachodnie agencje, nie pojmuję dlaczego i nie pojmują też moi szefowie, nie zamieściły tej wiadomości w swoich serwisach.

Więc tak jakby pan nie odrzucił.

Może pan ją odebrać.

Wątpliwość nasuwa się niezapraszana. Po co odbierać coś aż tak bez znaczenia. Po co fatygować się w sprawie honoru, który zaprzecza swej nazwie. Jaki ma pan interes, by godzić dziewięćdziesięcioletniego niewydarzonego poetę z aroganckim, powierzchownym, chytrym Jakutem.

A jednak nie uchyliłbym się od tego obowiązku, gdyż nagroda, jaką chcą panu wręczyć, nie ma nic wspólnego z Fiedinem, poza nazwą.

Kreml to miejsce, gdzie ją panu podadzą, jeden z pejzaży Ilii Riepina, to nagroda, a czek na pół miliona rubli do zrealizowania poza Rosją, to rekompensata za lata milczenia o panu, w wielkim państwie naszych przyjaciół.

Mogę pana też zapewnić, że podczas bizantyńskiej uroczystości nikt z obecnych nie zapadnie w głęboki lub płytki sen.

A z herbatą poradzą sobie bez sensacji.

Rosjanie podnieśli rangę tej nagrody nagle, z dnia na dzień, do rozmiarów nawet u nich niespotykanych.

Elementarne pytanie brzmi: z jakiego powodu?

Odpowiadaliśmy sobie na to pięć dni, przy nieustannym żalu towarzysza Pałki, że miał być trzymany od tego z daleka.

Włączyliśmy towarzyszy z egzekutywy znających Rosję, dwóch szefów Wydziałów, członka i kilku jego zastępców. Na koniec poprosiliśmy o pomoc naszego machera od spraw trudnych, absolwenta uczelni wschodnich i zachodnich, pułkownika kontrwywiadu, profesora i dwukrotnego doktora habilitowanego, znającego pięć języków, w tym mongolski.

Diagnoza jest odważna. Nawet jak na podstępnych Rosjan podstęp jest wyjątkowo podstępny, a polega na tym, że go nie ma. To ostatnia rzecz, jakiej po Rosjanach można by się spodziewać.

Ale wygląda na to, że oni naprawdę chcą panu dać tę nagrodę.

Chcą panu dać tę nagrodę zawstydzeni pana u nich nieobecnością. Rozumie pan, co dla Rosjan znaczy literatura. Poza bombą atomową nie ma rzeczy większej.

Znający polski, a jest ich tam niemało, przeczytali pana opowiadania po polsku, nie znający poznali je z tłumaczeń włoskich, francuskich, niemieckich, hiszpańskich, dobrali się nawet do chińskiego.

Reszta zaznajomiła się z pańskim dorobkiem z szybkich, roboczych przekładów lingwistycznych, skrótów lub konspektów.

To wielka literatura, a strata jest jedna. Nie ma innych sądów w Rosji. To wielka literatura, a strata jedna.

Chłodną jesień wyróżnili szczególnie, gdyż podzielają pana opinie, że nie ma nic gorszego na tym świecie od rebelii i że żadna satrapia, która po niej nastąpi, nie wyrówna krzywd, choćby jej surowość przeszła wszelką ludzką miarę.

Powtórzę raz jeszcze, panie Aleksandrze, bo możemy się już nie spotkać. Wszelka rebelia niesie ze sobą wyłącznie zło, więc szlachetność nakazuje zmiażdżyć ją w zarodku, a odwaga nie cofnąć się w tym przed niczym.

Rozumiem, że czuje się pan szachowany swoją odmową i jej uzasadnieniem. Rozumiem, że to dla pana sprawa ambicji i szacunku do samego siebie. Ale czy wobec szansy, jaka się przed panem zarysowała, nie należałoby wobec tego, co pana powstrzymuje, przejść obok?

Czy to można w ogóle porównywać?

W Rosji jest niewiele rzeczy niemożliwych, ale zemsta

kombryga Homlskiego na swoich oprawcach wyłącza się z tej zasady.

Niech pan pomyśli, o ile śmierć jego byłaby łatwiejsza, gdyby w żarze miału węglowego, który go spopielił, zobaczył tę satysfakcję. Nie potrafię przegnać myśli, że nadarza się jedyna okazja zrewanżowania się tym z Drozdowa i ich mocodawcom, przyjmując na Kremlu nagrodę za dzieło, którego bohaterem jest ich ofiara.

Dostał to, na co zasłużył? Naprawdę pan tak myśli?

Nie byłbym tego taki pewien.

A wie pan, panie Aleksandrze, że przyszło mi coś do głowy.

Kiedy?

A teraz. Pan w naszej ostatniej rozmowie Na Grobli wspomniał karę, jaką sobie wymierzy za pozostawienie Nadsona sam na sam z niebezpieczeństwem i masochistyczną wręcz przyjemność, jakiej pan w związku z tym doświadczy. Czy nie nadarza się okazja?

Nie znajdzie pan przyjemnieszej kary, niż stanąć po stronie postaci, której pan tak nie lubi i do której żal lub pretensje mają wszyscy inni bohaterowie pańskiego dzieła, i nie uważam, by jakakolwiek inna kara wymierzona panu przez los mogła dostarczyć większej satysfakcji.

Niech pan mi nic nie odpowiada. Niech pan się już nie odzywa ani słowem do telefonu. Niech pan tylko zastanowi się nad radą Stefana Sapielaka, kolejarskiego syna z Małkini, którego interesy z pańskimi już się nie pokryją.

Niech się pan zastanowi, czy wobec tego, co opowiedział Iwan Suczka, wszystko inne nie traci znaczenia.

Kombinacje, kalkulacje, preteksty, odmowy, opinie innych, wyrazy uznania lub pogardy.

Czy relacja tego zeka nie wynosi pana i pańskich decyzji ponad codzienność?

A na Kremlu?

A na Kremlu, panie Aleksandrze, poczekają.

Na Kremlu poczekają.

20

O, popatrz, Maryś, popatrz, znowu się zesrał. To już chyba trzeci albo czwarty raz. Ma chłopak wenę. Przed domem? Do pudełka? A po co? To są jakieś cywilizacyjne rygory, od których moje koty w moim domu będą wolne.

O, popatrz, a ten przysiadł i leje. Nie, nie leje, ale przysiadł. Dywan trzeba zwinąć.

Spójrz, Maryś, tego rudego tylko książki interesują. Zobacz, jak czyta. Bez książek wprost życia sobie nie wyobraża. Będzie intelektualistą.

Nazwiemy go Eliot. Nie wyobrażam sobie lepszego imienia dla kota, który lubi książki. Poza Gide'em, oczywiście, gdyby się to tak brzydko nie kojarzyło. Gdybym go nazwał Mauriac lub Bernanos mógłby się poczuć dotknięty. Lub , nie daj Bóg, Auden.

Podobno nocą powybijano nam szyby. Kaczmarkowa coś napomknęła. Jedną? Gdzie? W oranżerii? Tam i tak co drugiej brakuje.

Jakaś smętna ta rewolucja. Masz rację, wszystko jeszcze przed nami i tylko ta nadzieja trzyma mnie przy życiu.

Z brzóz opadły wszystkie liście, zauważyłaś? Kasztan

cały w złocie, a dęby za oranżerią więdną, powinny też się ozłocić, a tylko więdną. Pada od świtu. Nie, w nocy jeszcze nie padało. Wiem, bo wstałem do okna. Wstaję nocami do okna już od wielu lat.

Czego wypatruję? Żebym to ja wiedział, Maryś, żebym to ja wiedział.

Dzisiaj wypatrzyłem mgłę i czyjeś kroki pod moim gabinetem. Nie, raczej lekkie, jakby dziecka. Jakby dziecko chodziło dzisiejszej nocy pod moim gabinetem we mgle, jakiej w tym roku jeszcze nie było.

Słyszałaś wilgę? Co ona u nas jeszcze robi? Miesiąc temu powinna się zabrać na południe. Czemu tak zwleka? Co ją tu zatrzymuje? Odzywa się różnie, nie ma swojej pory. Dużo o niej myślę. Tak, Maryś, o wildze.

Babie lato nas ominęło. Snuło się? Kiedy? No popatrz, od miesiąca zajmuję się głupstwami i omija mnie to, co najważniejsze.

Wczoraj?

Dzwonił Sapielak. Być może już po raz ostatni. Prosił, bym się zastanowił. Nad czym? Nad zupełną drobnostką. Nie, bo nie musiałem. Rzecz bez znaczenia. Zupełnie. Opowiedział mi historię, w którą trudno uwierzyć. Jakiś nonsens. Wiesz, jak to jest, podajemy brednię z ust do ust, aż ktoś w nią uwierzy, i dalej wędruje już jako prawda. Jaka brednia?

Ugriumaja.

Swoją drogą, ma obsesję Nadsona, a jak nie ma, to będzie miał. W końcu wykiwał ich galancie. A Sapielak za to zapłacił, a jak nie zapłacił, to zapłaci.

Dostrzegłem, z jakim zadowoleniem wysłuchał powodów, dla których w sześćdziesiątym ósmym odmówiłem naszemu staremu, przydomowemu Żydowi pomocy.

Nie potrafił tego ukryć. Ale to mu nie wystarczy. Czuję to, Maryś.

Nie ma o czym mówić. Masz rację, stare dzieje. Było, jak to mówią, minęło. Nie ma co wspominać.

Co takiego? Włoskie tłumaczenia? Nic im nie zrobi. W strzępy? Przesadzasz, Maryś. A gdyby nawet, to żadne z nich nie było udane. Mówiła mi Lubraniecka, że bez smaku i nastroju. Więc niech drze, jak ma mu wyjść na zdrowie. W końcu to Eliot. A ten czarny jednak leje, to ci kot, to ci kot. Ale nie wszystko powiedziałem Nadsonowi i nie wszystko powtórzyłem Sapielakowi, tak jak nie wszystko powtarzał mi Sapielak i nie wszystko mówił Nadson.

Bałem się. Wiosną sześćdziesiątego ósmego się bałem. Jak nigdy w życiu. Więc może jest co wspominać, a dzieje nie są takie stare.

A skąd miałaś o tym wiedzieć? Mieszkałyście wtedy z Olą we Florencji. Kogo sie bałem? Bola i Gazrurki.

Zawieźli mnie na Koszykową do dużego, zaniedbanego mieszkania na szóstym piętrze, wprowadzili do pokoju z widokiem na podwórze studnię, zaprosili do stołu nakrytego białym obrusem będącego projekcją fornala o pańskim jedzeniu. Szynka, baleron, boczek, kiełbasa, ogórki małosolne, maślaki w occie, rosyjskie kiszone rydze, chrzan i bateria żytniej, a między nimi syfon z wodą sodową, zaprawioną jakimś sokiem.

Pytam, z jakiej okazji, a oni, że bliskiego zapoznania i natychmiast lu po pół szklanki gorzały.

Bolo, półanalfabeta, były zaopatrzeniowiec z łódzkiej Merany, naczelny szmalcownik Rzeczpospolitej, który za okupacji sprzedał szwabom więcej Żydów niż oboje żeśmy na oczy widzieli, a Gazrurka nie bez chuligańskiego wdzięku.

No to za partyzantkę, krzyczy Gazrurka i wyrywa szklankę jak do toastu. Pytam, czemu za partyzantkę, a Bolo, że my ludzie leśni niezależnie od różnic, które były, są i na pewno będą, powinniśmy się trzymać razem. Ja byłem w lasach iłżeckich, oni różnie, więc tego, co nas spaja, nic nie rozdzieli.

Zakąszamy. Bolo kroi mi boczek, Gazrurka sypie grubą solą, otrząsa ogórka, dekoruje rydzem i natychmiast znowu po pół szklanki.

Po partyzancku.

Bolo mnie pyta, czy biliśmy tam, pod Iłżą, faszystowskiego gada, jak się należy, bo im to lufy automatów nie stygły.

Odpowiadam, że biło się faszystów, biło się komunistów, a lufy nie macałem.

Gazrurka zarechotał.

Bez przesady, Maryś, ja nawet Niemca nie zastrzeliłem. Partyzantka była na serio, ale żeby zaraz ludzi zabijać...

I kolejny toast za ojczyznę.

Myślę sobie, że jeśli to pójdzie w tym tempie, to za kwadrans będę gotów. Więc odmawiam, a oni, czy gardzę?

Szlachcic, pisarz, inteligent, więc może gardzić, a ja, że może, lecz nie musi. Na razie.

To ich rozbraja, ale tylko pozornie. Znam te przyczajenia na wylot. To łaszenie się do nóg i pokazywanie zębów jednocześnie, to poczucie niższości i wyższości zarazem, to nasłuchiwanie pogardy, żeby odpowiedzieć na nią nienawiścią. Znam na wylot tę cholerną, polską bolszewię.

W Belwederze? Nie, Maryś, w Belwederze nic takiego nie mogło się zdarzyć, bo w Belwederze był hołd i nieudawany podziw.

Bo w Belwederze był każdy śmieć, każde ścierwo, każda swołocz, bladź i ruchawica, ale jedno trzeba im przyznać, ludu polskiego nie zapraszali. A jak zapraszali, to tak przycupnięty, że ani pisnął.

Tam by mnie nikt nie zapytał czy gardzę, bo to było zbyt oczywiste, żeby pytać. Starczyło spojrzeć. Pamiętam w pięćdziesiątym, trochę po północy, zimą. Ja na miękkich nogach, Berman podaje mi futro i szepce: „Jakim gestem mnie ujęłaś, chuda moja ladacznico?".

A ja mu na to, przeczytajcie dalej, to się dowiecie.

A on, że przeczytał, nie raz, że *Scytyjska kołyska* leży u niego zawsze na biurku, po lewej stronie, by w wolnej chwili łatwo było sięgnąć.

Wiedziałem, że dopóki pierwszy kat narodu mnie czyta, jestem bezpieczny.

Jestem bezpieczny również z tymi, którzy mnie nie czytają, bo chroni mnie ich wstyd, że nie zrozumieli, nie doszli, nie znaleźli czasu lub sił.

Bo nawet oni wiedzieli, że bez religii żyć się nie da. Rozumiesz to, Maryś?

Bolo i Gazrurka religii nie potrzebowali. To byli dwaj poganie.

Żaden z nich mnie nie zacytował, bo nie znał. Jakby przypadkiem znał, też by nie zacytował. Dumni byli z tego, że mnie nie znają, a jeszcze dumniejsi, że znać nie muszą, że to ich nie osacza, nie osłabia, nie degraduje.

Berman miał władzę ograniczoną własną niepewnością, co do swego losu. I to czyniło go w swojej nieludzkości ludzkim. Gazrurki i Bola nic nie ograniczało. Byli bezwstydni. Wszechwładni i bezwstydni.

W tym zaniedbanym, ciemnym, wielkim mieszkaniu, przy gargantuicznie zastawionym stole, zdałem sobie sprawę, że jeżeli się z nimi zbratam, to podzielą się ze mną ostatnią koszulą, że nie odmówią mi niczego, co leży w ich obecnych albo przyszłych możliwościach, że mają gest i mi go zademonstrują, a jeżeli się nie zbratam, to nic, żadna sprawa, żaden morał, każą wrócić do domu lub wyrzucą przez okno.

To, przy którym siedziałem, nawet by im pasowało. Sześć wysokich pięter, a na dole beton.

Nie zrobiliby tego? Tak uważasz?

Pewno nie.

Ale mogliby zrobić.

Nie zakazaliby pisać, ale mogli zakazać. Nie wstrzymaliby druku moich książek, ale mogliby wstrzymać. Nie zamknęliby mnie w kryminale, ale mogliby zamknąć.

Nie byłem ich drugim Bogiem. Rozumiesz to? Nie byłem ich drugim Bogiem. Po diabła Bolowi i Gazrurce drugi Bóg, skoro oni nawet nie mają pierwszego.

Mówiłem ci, Maryś, to poganie.

Zauważyłem w nich ten spokój i leniwą nonszalancję, które się biorą z pewności siebie, a taka pewność płynie zawsze z chamstwa.

Ich spojrzenia mówiły do mnie: O co ci chodzi, Olek? Chłop z ciebie jak się należy. Nic ci nie brak. Łeb jak kaban, kark, że daj Boże, łapy niczym dwa szpadle i wzrost do pozazdroszczenia, więc się nie obcyndalaj tylko zdawaj ten egzamin na swojaka, bo, póki co, nie idzie ci dobrze.

Mieli rację, bo na drodze do ich indeksu stała chuda ladacznica, którą wspomniał Berman, podając mi futro, i Ławr Vadim z limanu ostrołukiego, i chłopiec przemieniony w żurawia nad Stochodem, i nieszczęsny szambelan Nehring upokorzony nad Dnieprem, i Staś Ponikowski mocujący się z gruźlicą, i bezgranicznie oddana mu matka, i cała moja biedna, wątła, bezsilna menażeria.

Jak chcecie mnie obronić, pytałem, a oni milczeli, utrwalając się wraz ze mną w trwodze.

W życiu się tak nie bałem, Maryś, więc gdy kazali mi sobie już pójść, nie odprowadzając nawet do drzwi, kiedy partyzanckie ognisko podymiło, podymiło i zgasło, kiedy mijały dni i tygodnie, a Gazrurka z Bolem sobie o mnie nie przypominali, to ten wstyd łagodzony ulgą dawał mi przynajmniej spać.

Wizyta Nadsona z prośbą o pomoc nie była w porę.

Nie pamiętasz, bo z Florencji wróciłyście kwartał później. Więc nie możesz pamiętać, że mimo lęku nie pozostawiłem Nadsona samemu sobie, tylko przypomniałem mu jego słowa sprzed dwudziestu lat.

Niech pan uwierzy w mądrość partii.

A jednak, Maryś, a jednak.

Zjazd pisarzy w Szczecinie. Nadson nie ma jeszcze trzydziestki, ale jak to z nim, już stary, wyciszony, niebezpiecznie precyzyjny.

Przechadza się po korytarzu z jakimiś pryszczatymi, a ja krzyczę ze schodów, tak by i inni słyszeli: Czy wyście, kurwa, z byków pospadali?

A Nadson bierze mnie na bok i jak to on, dobrodusznie, lecz serio: Niech pan uwierzy w mądrość partii, Sewerynowicz.

A ja: Chyba w siłę.

A on: Niech pan uwierzy w jedno i drugie.

Jesienią sześćdziesiątego ósmego u nas, Na Grobli, tylko mu to przypomniałem, Maryś. Tylko mu to przypomniałem.

A skoro już o tym, to czy pamiętasz lato tysiąc dziewięćset czterdziestego dziewiątego w Iłży? Bo ono wraca do mnie nieustannie. Festyn z okazji dwudziestego drugiego lipca. Całonocne tańce na rynku w cieniu fary. Noc upalna, orkiestra mieszająca kujawiaki i oberki z przedwojennymi szlagwortami, okupacyjna jeszcze samogonka, bigos, piwo i andruty.

Skąpani w werwie, zdrowiu i radości polskiego ludu tańczyliśmy do upadłego.

Przywiozła nas tam czarna demokratka i o świcie miała zabrać, a my już nie tacy młodzi, zatracaliśmy się w zabawie, sprzymierzeni w aplauzie dla durnej beztroski z polskim ludem, jak sprzymierza się Bóg z człowiekiem w niejednej ludzkiej sprawie, ale przecież nieodwracalnie osobni.

I ta różnica tylko wyostrzała naszą przyjemność.

Kiedy myśmy siedzieli, oni stali, gdy mówiliśmy, milkli, gdy ruszaliśmy w tany, oni dawali nam plac, kiedy jedliśmy, oni pościli, pokumani z polskim ludem na własnych prawach i tylko na jedną, upalną, lipcową noc.

Pamiętasz tę noc w Iłży, kiedy zatraciliśmy wszelką

miarę w oczarowaniu okrutnym, podstępnym i niesprawiedliwym życiem?

Czy to nie wtedy Zosia Weinert umierała w mokotowskim więzieniu na gruźlicę? Czy nie wtedy rozstrzelano wuja Skrzyńskiego po lipnym procesie?

A może tej nocy właśnie wyrwano paznokcie Guciowi Gańczy, bo przecież ich nie miał.

Nie wtedy to było?

Czemu nie przestaliśmy tańczyć? Czemu nie zastygliśmy w półobrocie? Jak mogliśmy się nie bać, a przynajmniej zawstydzić?

Dlaczego nic nie tłumiło naszego rozpasania?

Za wszystko odpowiadała nasza młodość? Nie była już taka młoda. Za wszystko odpowiadało nasze zdrowie? Nie było już takie niezawodne. Za wszystko odpowiadało moje poczucie bezkarności, w którym znalazłaś oparcie? Losy nie gorszych ode mnie zaświadczały, że ma ona granicę.

Co nas tak upoiło, że nie przerywając w zasadzie tańców, poczęliśmy tej nocy w sposób bezwstydniejszy od naszej bezwstydnej radości naszą jedyną córkę?

Znasz odpowiedź?

Kiedy rozmawiasz z tak zaprzyjaźnionym Panem Bogiem, on podsuwa ci jakieś rozwiązanie? Bo jeżeli tak, byłbym go ciekaw. Byłbym go cholernie ciekaw, Maryś.

Tym więcej, że gdybym cudem jakimś, a jeszcze lepiej bez cudu, znalazł się na iłżeckim rynku w lipcową noc tysiąc dziewięćset czterdziestego dziewiątego raz jeszcze, tańczyłbym tak samo, posyłając cierpienia całego świata do wszystkich diabłów. Tańczyłbym tak samo.

A obok mnie, bark w bark, Nadson. Czemu nie, a czemu nie?

Gdyby mu się nie plątały wątłe nóżki, gdyby głowa wielkości dyni nie kiwała mu się na wszystkie strony, miotając resztą, gdyby mógł się napić, nażreć, wszystko wyrzygać i znów nażreć, gdyby w nim grała jakakolwiek muzyka, gdyby nie stało za nim sześćdziesiąt pokoleń mędrców, proroków, rabinów, to też tańczyłby na rynku w Iłży z zadzierżystym, wesołym, rozśpiewanym, w istocie diablo urodziwym i diablo umiejętnym polskim ludem, a jakby się uparł, to i motłochem.

Bo jak wspominam tę duszną, zakończoną nad ranem rzęsistym deszczem noc, to mówię: było może nieludzko, lecz pięknie.

Tak pięknie, Maryś, że nawet ty ze swej natury, wobec nieoswojonego piękna ostrożna, mu uległaś, bo nigdy potem nie widziałem cię równie rozgorączkowanej i może dlatego udało nam się wtedy wreszcie począć Olę.

Musisz pamiętać, że kiedy o świcie następnego dnia... Co takiego? Daj im spokój. Tyle ich, co tej radości. Wiesz, jak jest z kotami na wsi. Nie żyją długo. Eliot to zdechlak jak każdy poeta, czarny ma parchy, dlatego jak nie leje, to sra. A biały? A biały to albinos. Na pierwszy rzut oka widać, że bez przyszłości. Czwartego już nawet nie widać. Nie lubię kotów, ale skoro się już u nas zalęgły... Po latach – chcesz wierz, nie chcesz nie wierz – zaglądnąłem raz jeszcze do *Chłodnej jesieni*, przejrzałem też inne opowiadania. Są piękne, cały czas uwodzicielsko piękne, lecz martwe. Opowiadając o umarłych światach, same umarły. Mają wszelkie zalety i jedną wadę – nie żyją.

Burzany, *Liman ostrołuki*, *Scytyjska kołyska* nawet *Podróże do Florencji* to martwe królewny. Literatura stała się moim długim, rozkosznym złudzeniem. Pieprzyć ją. Od dwunastu lat nie udało mi się napisać jednej linijki wartej druku. Nasz dom Na Grobli nie jest już domem literatury. Odejście Stacha to wyniesienie zwłok. Lutek nie będzie się już nas długo trzymał, Kaczmarkowej nie możemy nie płacić bez końca. Ola zrealizuje swoje pogróżki i wyjedzie do Rzymu, ileż można demonstrować w Iłży? Nasze przyjaźnie wiotczeją, nasi mecenasi słabną, nasze kontakty to zwarcie za zwarciem. Co dostaniemy w zamian?

Koty? Nie żartuj. Koty to za mało, Maryś. Nie wypełnią nam życia. Trzeba się rozejrzeć za czymś stalszym.

Czy się rozglądam?

Tak jakby.

Bratanica Kaczmarkowej?

No, Maryś, widzę, że nic ci nie umknie. Masz oczy dookoła głowy. Od pewnego czasu myślę o tej dziewczynie.

O Tuni Hawryniuk ze stanicy Armiejskiej? A cóż to za nonsens? Co ty powtarzasz? Skąd myśli zatruwające ci rozum? Mam kłopot z rozpoznawaniem własnych bohaterów, bo jestem od nich inny, zgoda, nie do tego jednak stopnia, bym tę poczciwą dziewczynę spod Pruszkowa brał za bohaterkę mego najważniejszego dzieła. Kiedy zobaczyłem ją po raz pierwszy w przeddzień mych urodzin, powiedziałem: Chryste Panie, przecież to Parania znad Dniepru, wypisz, wymaluj. Gdy otworzyła usta, pozbyłem się tego złudzenia. Nie masz mnie chyba za idiotę?

Wprowadzając do naszego domu tę dziewczynę, wprowadzimy życie, którego tu już, przestańmy się oszukiwać, Maryś, od dawna nie ma.

Bratanica Kaczmarkowej to życie.

Zgadzam się z tobą, prawdopodobnie banalne i pospolite, ale jednak życie. Nigdy nie wierzyłem w jego sens, ale uważałem i uważam coraz częściej, że życie nad śmiercią ma przewagę, z którą, póki żyjemy, musimy się godzić.

Bratanica Kaczmarkowej wprowadzi do naszego domu najprawdopodobniej bardzo pospolite i być może nudne życie, ale co mamy w zamian po rejteradzie Stacha, wyjeździe Oli, niemożności utrzymania naszego i tak cierpliwego personelu, utracie przyjaciół i opiekunów i zdradzie, jakiej dopuściła się wobec mnie literatura.

Mamy przed sobą jeszcze parę lat, miejmy nadzieję, nienajgorszych, czymś musimy je wypełnić.

Jeżeli chcesz coś dla mnie zrobić, a oddana z ciebie żona, więc czemu byś miała nie chcieć, to zacznij się przyzwyczajać do myśli, że ta dziewczyna zamieszka z nami. Na razie w pokoju po Stanisławie.

Zajmie się kotami, domem, ogrodem, a z czasem przejmie to wszystko. Ona i jej dzieci.

Pytasz, czy uważam to za dobry pomysł? Trudno powiedzieć. Ale na pewno najlepszy, jaki kiedykolwiek przyszedł mi do głowy.

Miałem lepsze?

Nie przypominam sobie.

Wstanę teraz z fotela, pozbieram koty do pudełka i pójdę z nimi do siebie, a ty pogódź się z myślą, że Tunia Kaczmarek zamieszka w domu Na Grobli.

Chciałbym też, byś polubiła te koty.

Rudy to Eliot.

Epilog

Drogi Panie Stachu i umiłowany bracie w Chrystusie Panu.

Przypomnę się. Jestem Olga Sewerynowicz, córka pańskiego, pożal się Boże, chlebodawcy przez siódmą dekadę dwudziestego stulecia w domu Na Grobli, obecnie służebnica pańska pod rozkazami comtessy Carli Lubranieckiej, przeoryszy rzymskiego klasztoru San Angelo, w którym posługuję Bogu, nie tak, jak bym tego pragnęła.

Więc nie pisze do pana osoba szczęśliwa, tylko pogodzona z myślą, że go już na tym łez padole nie zazna.

Prośba jest serdeczna i nie całkiem dla pana, jak myślę, trudna.

Magistrat Florencji, który ćwierć wieku temu przyznał memu ojcu swoją nagrodę, zwrócił się do mnie z zadaniem, jakiemu nie podołam.

Dopominają się o kilkustronicowe najwyżej wspomnienie o Aleksandrze Sewerynowiczu w jego codziennościach, o jakich, mimo że przeżyłam z nim pod jednym dachem ponad dwa dziesięciolecia, nic a nic nie wiem, gdyż grzeszyłam, jak pan zapewne pamięta, wyniosłą odrębnością.

Nie znam więc gatunku kawy, jaką rozpoczynał dzień, nie wiem, jakiego zapalał po niej papierosa, jeśli w ogóle palił, nie wiem, o której godzinie zasiadał do swego biurka, czy używał ołówka, pióra, od razu maszyny do pisania, co podawano mu na lancz i czy w naszym domu był taki obyczaj, jakich potraw nie cierpiał, a które wyróżniał, co oglądał w telewizji, czy lubił futbol, jakiej pory roku wyczekiwał, komu zwierzał się z sekretów, był małomówny czy rozgadany, apodyktyczny czy poddający się woli innych, pogodny na co dzień czy raczej jak gradowa chmura, jakie fizyczne dolegliwości go trapiły i komu się wtedy na nie uskarżał, czym sygnowała się firma zaopatrująca go w buty i jakich były rozmiarów, jego kapelusz to była panama, eden czy może stenson, jeżeli pokochał Szopena to za mazurki, etiudy, preludia, a może wszystko razem? Nie wiem nic.

Bo kiedy mówił – nie słuchałam, kiedy opowiadał – nie zapamiętywałam, odchodziłam, gdy wchodził, kiedy stał – siedziałam, kiedy on siadał – opuszczałam go. Nigdy nie byłam ciekawa jego opinii, sądów, wyroków, obojętna na jego smutki lub radości.

Żyłam gorzej niż obok niego, żyłam poza nim.

A pan, panie Stachu, który był z nim na co dzień, w bliskości trącącej grzechem sodomii, jak niesłusznie podejrzewałam, na pewno poradzi sobie z zadaniem, które mnie paraliżuje.

Ponieważ jestem osobą nawiedzaną noc w noc przez najokrutniejsze i najbardziej wyuzdane demony, kuszące mnie pozorami życia, a którym, jak przypuszczam, ulega comtessa mająca nade mną władzę, wybierająca światowe życie przed posługą i świadectwem, to przywołanie pamięci mego ojca w jego grzesznej codzienności rozzuchwaliłoby tylko złe duchy do stopnia, jaki by mnie zabił, i nawet cotygodniowe godzinne samobiczowanie zalecone mi przez ojca Amorettiego, mego świątobliwego spowiednika, mogłoby ich nie powstrzymać.

Nie powinnam wystawiać się na niebezpieczeństwo, które pana, panie Stachu, nie dotknie.

Znajomość włoskiego opanowałam w stopniu na tyle poprawnym, że poradzę sobie z przetłumaczeniem tego, co mi pan przyśle, bo ufam, że nie odmówi pan mej prośbie.

Ponieważ raniłam pana swymi podejrzeniami co do nieobyczajnej roli, jaką pełnił pan przy moim ojcu, które, wnosząc z pańskich dalszych najnormalniejszych losów, nie miały podstaw, i ukazywałam panu nie swoją twarz, tylko pozę, jakiej głęboko się wstydzę, to czuję się pańską dłużniczką, nawet wtedy, gdyby pan odmówił wspomnienia.

A moje modlitwy do Boga miłosiernego, żeby zesłał na mego ojca łaskę niemocy twórczej, by nie zaprawiał się już w nikczemności, zderzały się z pańskim nieustannym trudem, którego przecież byłam świadkiem, by tę niemoc precz przegnać.

Nie pana to wina, że moje modlitwy miały przewagę nad najszlachetniejszymi w intencjach zabiegami, gdyż moje modlitwy były przeciwko nieobecności Boga, więc przeciwko nikczemności w życiu Aleksandra Sewerynowicza, co wybaczalne, i przeciw nikczemności w jego pisarstwie, co jest ze swej przyrodzonej natury szatańskie.

Bo powiadam panu, panie Stachu i bracie umiłowany w Chrystusie, że każda zamierzona nieobecność Boga jest w swej naturze szatańska.

A teraz napiszę o czymś, co jest do ostrożnego rozważenia przez nas obydwoje.

Będę jednak zmuszona na chwilę zajrzeć do *Chłodnej jesieni* i pana tam zaprowadzić.

Opowiadanie raz jeden przeczytałam w tę noc, gdy ostatecznie rozstałam się z rodzicami i ostatecznie zawierzyłam Bogu, a było to jesienią 1980 roku w domu Na Grobli.

Zastanowił mnie wtedy kontrast pomiędzy surowym pięknem Zaporoża, a dwuznaczną atmosferą naddnieprzańskiego dworu szambelana Nehringa, z przyczajoną w jego wnętrzach całą nieświeżością francuskiego buduaru.

Te krwawe kotary, wieczny półmrok za nimi, zapach ciężkich, rosyjskich perfum i lekarstw, zamknięte okna bez względu na porę roku, wszechobecne, zbeszczelniałe koty, przewalające się tabunami po pufach, kanapach, szezlongach. Kandelabry, złocenia, zakurzone kilimy. Tłumiące jakiekolwiek oznaki wigoru perskie dywany.

W tym wszystkim człowiek jeszcze stosunkowo młody, lecz z nieodwracalnymi stygmatami starości i choroby, miękki, nieuformowany, zalękniony tym, co na zewnątrz.

Nie potrafiłam bez irytacji słuchać o tym nibymężczyźnie bojącym się przeciągów, stłuczenia, podniesionego głosu, widoku broni lub jej szczęku.

To wszystko trąci, niechże to pana nie urazi, bo wiem, jakim był pan amatorem twórczości mego ojca, złym gustem i nie jestem przekonana, czy zamierzonym.

Nawet to, co powinno skłaniać nas do współczucia, tylko irytuje, jak dokuczliwa astma tego ostatniego przedstawiciela rodu, posługującego się tytułem, jaki w czasach *Chłodnej jesieni* był już anachroniczny.

Jest w tym wszystkim coś bardzo niezdrowego na sposób, który nie budzi mego współczucia. Wiem, że to nieprzyzwoite, ale po przeczytaniu opisu domu szambelana i jego samego miałam ochotę umyć ręce z lepkości, która mnie oblazła.

Jakież więc było moje zdziwienie, gdy pół roku temu w czasie jesieni równie chłodnej jak ta z opowiadania, gdy przybyłam Na Groblę na ostatnie dni mego osiemdziesięciodwuletniego ojca, zastałam go rzężącego w pluszowym fotelu, który mógłby być fotelem Nehringa, i zobaczyłam wokół pufy, kotary, szezlągi, obrazy w złotych ramach, kryształy, półmrok za ciężkimi kotarami i poczułam nieświeżość francuskiego buduaru, więc ujrzałam coś, czego Na Grobli nigdy nie było, nie tylko z przyczyny ubóstwa.

Nasz zawsze zapuszczony, lecz ujmująco piękny park, park na tajemnicze i niezapomniane dzieciństwo, został wzorem Winiatyniec z *Chłodnej jesieni* zaprojektowany we francuski ogród z całą beznadziejnie nudną geometrią tego przedsięwzięcia.

Dom odmalowany na biało, pozbawiony patyny, a więc i historii, udekorowano dwoma masywnymi kolumnami, które niczego nie wspierają, bo przecież nie był to nigdy dwór, a tym bardziej pałac.

Najbardziej zaskakujący był jednak widok mego umierającego ojca, którego starość zmniejszyła do rozmiarów nieuzasadnionych jej postępami i zainfekowała miękkością, będącą zawstydzającym przeciwieństwem jego kanciastej, męskiej nieforemności.

Tak mógłby wyglądać – pomyślałam, przypatrując się ze zdumieniem człowiekowi owiniętemu w atłasowy szlafrok – szambelan Nehring, gdyby dożył starości.

Do tego zdumiewającego wnętrza wprowadziła mnie bratanica naszej kucharki Kaczmarkowej, którą nasz ojciec upierał się nazywać Tunią, teraz rozumiem, czemu.

To kobieta o urodzie niespotykanej, lecz grzesznej. Nie ma w tej piękności nic niebiańskiego, nic, co nas tak porusza w obrazach Giotta czy Boticcellego, tylko jest to piękno idące z samych trzewi młodej kobiecości w najbardziej biologicznym wymiarze.

Dość powiedzieć, że jest wysoka, gibka, bladośniada, w ruchach skończenie zręczna i wyzywająca. Odniosłam mylne, jak się okazało, wrażenie, że jest dla ojca dokuczliwą opiekunką, nieznajdującą z nim porozumienia, tracącą dla starości cierpliwość, kiedy to samarytanizm zapomina o swej podległości wobec niemocy, napawając się własną wyższością.

Zrozumiałam po dniu pobytu Na Grobli, że mój sąd jest chybiony, że ojcu to odpowiada, ale też pojęłam, czemu moja biedna matka nie była w stanie, mimo niebiańskiej cierpliwości dla chimer swego męża, znaleźć tam miejsca dla siebie i po trzech latach upokorzeń przeniosła się do świata oględniejszego.

Kotów, mam wrażenie, więcej było niż w szambelańskiej Dubience, nie mam pojęcia, jakim cudem mogły się tak porozmnażać, i są to koty niezależne, bezczelne, świadome swej nienaruszalności, a prym wśród nich wiedzie rudzielec o imieniu Eliot.

Wszystko to wydało mi się sztuczne, upozowane, źle wymyślone, nieautentyczne, poza pieniędzmi, wielkimi pieniędzmi, których Na Grobli nawet w jej najpomyślniejszych czasach nigdy nie było.

Skąd więc pieniądze?

Drogi panie Stachu i umiłowany bracie w Chrystusie Panu, czynię w powietrzu znak krzyża i odpowiadam.

Z niegodziwości.

Ale o tym przekonałam się w pięć dni później podczas niezauważonego przez gazety i telewizję pogrzebu mego ojca.

Było to doświadczenie nieprawdopodobne i gdybym znała je z opowiadań innych, nie dałabym mu wiary.

Ale to, o czym pana zawiadamiam, zdarzyło się na moich oczach, więcej, stałam się oniemiałym i przerażonym uczestnikiem tego zawstydzającego obrzędu.

Trumnę złożono w parku obok kamiennej figury śmiejącego się fauna, którą pan musi pamiętać, gdyż od niej rozpoczynało się zwykle spacery do pruszkowskiej szosy, w asyście tych kotów, które zdecydowały się wziąść udział w ostatniej, niedalekiej drodze swego pana.

Bratanica Kaczmarkowej przebrała się na tę wcale nie smutną, raczej błazeńską uroczystość w ukraińską rubachę wyszywaną w pięć kolorów, ściągniętą w talii tak mocno, by uwydatnić całą posągową grzeszność jej postaci i mimo przejmującego jesiennego chłodu nie zdecydowała się okryć niczym więcej.

W największe jednak oniemienie wprowadził mnie

zastęp kilkudziesięciu młodych, z gruba ciosanych mężczyzn, o ogolonych do skóry czaszkach, umundurowanych w czarne, długie, skórzane płaszcze z wywiniętymi rękawami, sztywnymi jak zbroje.

Ustawieni wokół mogiły jak rota wojska, sprawiali groźne i zarazem zabawne wrażenie.

Między nimi, obok rudego kota, tuż nad krawędzią grobu z wieńcem jak bojową tarczą, stał czterdziestoletni na oko potwór, równie szeroki jak duży, z głową osadzoną na karku tak masywnym, że choć niemała, ginęła w jego przepastności. Płaszcz, w jaki się przebrał, był szczególnie długi, dłuższy niż jego sylwetka, zamiatający połami ziemię, a wywinięte rękawy obnażyły krwawą, satynową podszewkę.

Bił z niego spokój, pewność siebie, zwierzęca moc wzbudzająca strach i, trudno mi to przyznać, majestat.

Nasza dawna kucharka, dokładająca takich bezowocnych starań, by pana trochę utuczyć, starucha całkiem jeszcze sobie, zbliżyła się do mnie i wskazując potwora, zapytała, czy go sobie przypominam.

Odpowiedziałam w zgodzie z prawdą, że widzę go po raz pierwszy w życiu i mam nadzieję ostatni, a nasza kucharka, że to Lutek szofer.

Nie mogłam w to uwierzyć i zapytałam: Nasz jowialny, niemożliwie rozgadany, leniwy i niemądry Lutek?

Ten sam, po zmianie – odpowiedziała Kaczmarkowa i dodała w konfidencji, że teraz jest bandytą rządzącym Pruszkowem i okolicami, z którego siłą i wpływami liczy się nawet stolica, że nikt, za kogo by się tam uważał, nie stanie mu na drodze, a ci, którzy tego spróbowali, gryzą już ziemię.

Nazywają go Kombryg, szepnęła mi do ucha Kaczmarkowa, a to imię otwiera zamknięte drzwi, zwraca pożyczone pieniądze, rozszyfrowuje najsekretniejsze konta, na salony wprowadza monstra, kontroluje to, co niekontrolowalne, osądza co nieosądzalne, wydaje wyroki na nieśmiertelnych i wykonuje je.

Nazywają go Kombryg, powtórzyła Kaczmarkowa, a kobieta obok to Tońka.

Antonina Hawryniuk zwana w stanicy Armiejskiej Paranią, wyszeptałam mimowolnie, a nasza kucharka, poprawiła mnie, mówiąc równie cicho: – Nie, Olu, Tońka Kaczmarek z Psianki, moja bratanica.

Bez szczególnej nadziei, a jednak gorączkowo wypatrywać rozpoczęłam jednej ludzkiej twarzy na pogrzebie mego ojca. Jednej, jedynej ludzkiej twarzy.

Gdzie zawsze wytworni i mimo podeszłego wieku piękni Adamowie z Okna? Gdzie przemiły, dobry, kochany Andrzej Załęski? W którym rzędzie zobaczę zabawnych Bricknerów przypominajacych dwa osowiałe wielbłądy, a Walter Nome, partyzant, cichociemny, myśliwy, podróżnik i rycerz, a Helena Mickiewiczowa, a wielu przecież innych... Gdzie są? Nie wiedzieli, nie zdążyli, poumierali, przepadli?

Będę musiała się z tęsknoty, którą panu przedstawiam, wytłumaczyć memu spowiednikowi, ale poszukiwałam wzrokiem nawet twarzy tego węża Sapielaka, z którym, jak pan zapewne pamięta, łączyły mego ojca podejrzane konszachty.

Żeby chociaż on, myślałam sobie w duchu.

Nie muszę panu donosić, że uroczystość była świecka,

wręcz pogańska, ale to, co ją zwieńczyło, przewyższało to godne pożałowania przedstawienie, by nie napisać – błazenadę, jakimi były ostatnie, wedle zapewnień Kaczmarkowej najlepsze lata mego ojca.

Kwadratowy, groźny, niepozbawiony majestatu potwór, który lata temu był Lutkiem, szoferem w naszej rodzinie, podszedł do świeżo usypanej mogiły i wsparł o nią wieniec z napisem: Staremu od Kombryga i jego żołnierzy na wieczną pamięć tego, co między nimi.

Potwierdziły to słowa Tońki, gdy pochylona nad moją twarzą, powiedziała po pogrzebie, że kochała mego ojca i on o tym wiedział, że Kombryg, z którym jest od pięciu lat, pochwalał jej skłonność i zachęcał, by nie ustawała w uczuciu do człowieka, któremu i on coś zawdzięcza. Powiedziała mi: Byłam dla niego tym, czego nie zaznał.

Litościwą, mając na uwadze wiek Sewerynowicza, nałożnicą? Matką, która odumarła go w dzieciństwie? Żoną, córką, aniołem stróżem?

Gdy nieco ochłonęłam, powtarzając w myślach modlitwę do świętej Faustyny, Tońka dodała na odchodne, że po śmierci Aleksa nic tu już po nich i że wszystko wraca do mnie. Ucieszona w pierwszej chwili takim sprawiedliwym spraw obrotem, zreflektowałam się, zrozumiawszy, jaki niewyobrażalny kłopot mi przyszykowano.

I teraz występuję do pana, drogi panie Stachu i umiłowany bracie w Chrystusie Panu, z prośbą, przy której ta pierwsza wydaje się błahostką.

Nie mogę tego, co odziedziczyłam, ani objąć, ani tym zarządzać, ani z tego w jakikolwiek sposób korzystać.

To nie jest możliwe teraz i nie będzie możliwe, tym bardziej, w przyszłości.

A jest to dobro, jakie w warunkach kapitalistycznej Polski ze swoim dwuhektarowym parkiem, w sąsiedztwie stolicy i szkaradnym, lecz jednak odnowionym domem, stanowi coś, czym trzeba roztropnie zarządzać w ciągłej na miejscu obecności.

Zwróciłam się z tym do Boga miłosiernego i wszechwiedzącego, a On wskazał mi pana, panie Stachu.

Przez dekadę służby u mego ojca wykazał się pan wiernością, której nie dzieliła z panem moja biedna matka, a tym bardziej ja.

Której nie dzielił z panem żaden z jego kompanów, nikt z przyjaciół, opiekunów, mentorów, żadna służąca mu osoba lub instytucja.

Pana oddanie memu ojcu, irytujące mnie swoją bezrefleksyjnością, gdy przybywałam Na Groblę z Iłży, teraz, z perspektywy występnego i skłonnego do zdrad Rzymu, tylko mnie wzrusza.

Wiem też od naszej kucharki, że jest pan mężczyzną żonatym, dochował się pan trójki dzieci, że pana połowica jest nauczycielką w skaryszewskiej szkole, której pan kierownikuje.

Więc domyślam się, że jest pan niezamożny i bez finansowych perspektyw w czasach, które tego od nas wymagają.

Gdyby zechciał pan przejąć Groblę, ten kłopot by pana ominął, gdyż coroczna renta od kapitału, w jaki zamienić by trzeba najbliższą szosy część parku, przewyższy daleko to, co obydwoje jesteście w stanie zarobić.

Uważam też, że trzeba by stopniowo i w tym zakresie, jaki jest możliwy, przywracać Groblę tej postaci, jaką miała za życia moich rodziców.

Miałby pan z tym dużo pracy, ale znając pana skrupulatność i domyślając się doświadczenia administracyjnego, jakie pan musiał posiąść, zarządzając szkołą w Skaryszewie, nie mogłabym znaleźć nikogo odpowiedniejszego, nawet gdyby Bóg mi pana nie wskazał. Musi też pan pamiętać, że na zarazę jest serum będące w istocie tą samą zarazą. Więc na urzędniczą mitręgę, niebezpieczną zwłokę czy przekupstwo miałby pan na miejscu Lutka, który, jak się pan domyśla, każdą zamierzoną lub niezamierzoną powolność zamienia w błyskawicę, a moralną dwuznaczność takiej współpracy – niech mi pan tego nie odmawia – zaliczę w poczet własnych grzechów.

Jest też powód, któremu nikt obok pana nie podoła.

Sewerynowicz opuszczony przez reżim za nieprzyjęcie kremlowskiej nagrody, bojkotowany przez nową Polskę za serwilizm wobec totalitarnej opresji, ukarany kilkunastoletnią niemocą twórczą, traktowany czasami pobłażliwie, a czasami wręcz wrogo przez najbliższe mu dwie kobiety, osaczony niedostatkiem, opuszczony przez przyjaciół i zapomniany przez czytelników, zdecydował się zamienić ostatnią dekadę życia w żart z samego siebie.

To nie jest ludzkie.

Tak bym powiedziała, gdyby rudy kot Eliot nie zastosował wobec mnie przemocy.

Bóg miłosierny i wszechmogący zaprzestał wysłuchiwania mych modlitw o łaskę niemocy dla mego ojca, z czego całkiem jestem kontenta, gdyż zapędziły się one w strony, jakich już nie rozpoznawałam.

Dość powiedzieć, że jeżeli wysłucha pan mej serdecznej prośby i podda się woli Pana, obejmując Groblę, znajdzie pan w sekretarzyku mojej matki, który musi pan pamiętać, gdyż był to jedyny mebel ocalały z wojennych i rewolucyjnych pożóg, trzy kilkudziesięciostronicowe bruliony zapisane rozchwianym, starczym, miejscami nieczytelnym pismem i zapozna się pan nie bez trudności z nibydziennikiem, nibypamiętnikiem, jaki w imieniu rudego kota Eliota prowadził przez ostatnich kilka lat mój ojciec.

To najlepsza rzecz, jaka mu się przydarzyła. Nie afirmuje wprawdzie istnienia absolutu, ale nie zaprzecza jego obecności.

Odważę się powiedzieć, że nieobecność Boga w tej relacji jest wątpliwa.

A zło, które nieustannie jest w niej przedstawiane, nie przenika ani razu w pustkę, więc ma swoją dystynkcję jako przeciwieństwo dobra, które w tych warunkach nie może nie istnieć.

Efraim Homlski, schodząc coraz niżej w scytyjską kołyskę, nie utknie na samym jej dnie w pustce, tylko trafi na zło, które ma sens.

Bo najniebezpieczniejszym przeciwnikiem Pana, któremu ufamy, jest pustka.

To tej pustce wysługiwały się *Burzany, Liman ostrołuki, Scytyjska kołyska* i najżarliwiej *Chłodna jesień.*

Gdyby zażądał pan ode mnie jednego słowa najtrafniej oddającego atmosferę tego nibypamiętnika, nibydziennika, nibyapokryfu opowiedzianego przez rudego kota, postawiłabym na ulgę.

Poza wszystkim znalazłam tam wzruszenie szlachetniejszej próby, niż to, jakim ojciec próbował czarować w swoich ukrainnych opowiadaniach, i wdzięk, jakiego one nie znały.

W każdym razie, przedzierając się przez te coraz bardziej tajemnicze gryzmoły, miałam pod powiekami łzy, gdy pytałam siebie, czemu nie znalazłam jako młoda służebnica pańska cierpliwości, by pochylić się nad naturą, jaką trzeba było w ojcu odnaleźć.

I czemu udało się to Tońce Kaczmarek?

Bardzo pana namawiam na te zapiski stworzenia świadomego wygód, jakie go nieodwracalnie rozbroiły, przekonanego o kruchości złotej klatki, z jakiej pozwolono mu przypatrywać się okrucieństwu istnienia, panicznie obawiającego się szczurów, a w młodości prześladowanego przez domowe i polne myszy, odkrywające naturę ojca, jakiej zawsze pożądałam.

Nie ma w tych zapiskach rzek, kurhanów, stepu, przestrzeni, zapachu ziół i chwastów, namiętnych kobiet i rozzuchwalonych mężczyzn. Nie ma światła ani kolorytu.

Jeżeli wpada do nich słońce, to przez szpary między żaluzjami.

Jest półmrok, cisza, wszechwładna starość, bezruch, nieustanne doświadczanie zła lub jego zapowiedzi, udręki lub jej zapowiedzi, śmierci, jaka przystanęła za drzwiami, i gorączkowe doszukiwanie się w tym sensu.

Nie mam wątpliwości, że to, co znajdzie pan w sekretarzyku mojej matki, warte jest publikacji, po odpowiednim przygotowaniu tekstu i odczytaniu go do końca w zgodzie z intencją autora, którego pan znał jak nikt z żyjących.

Jest i czwarty powód, dla którego wybrałam pana, panie Stachu, to koty, których, jak już pana powiadomiłam, jest co najmniej kilkadziesiąt.

Nie znam pańskiego stosunku do tych nieodgadnionych zwierząt, ale pozostawione same sobie zdziczeją i podzielą los swoich nieszczęsnych na ogół, podmiejskich pobratymców.

Póki co, odwiedza je Tońka, lecz jest wielką zagadką, w co jeszcze przemieni się ta zjawiskowo piękna kobieta, gdyż zauważyłam w niej nieprzewidywalność, niebezpieczną nawet dla Kombryga i jego żołnierzy.

Pozostawiona przez ojca sama sobie i nieukończona, może być jeszcze tajemnicą dla siebie samej, a cóż dopiero dla stworzeń jej poleconych.

Jeżeli jednak z przyczyn, jakich się domyślam lub nie znanych mi, nie usłuży pan memu pragnieniu i intencji Boga, to dyspozycje w sprawie Grobli znajdują się w kancelarii Juliana Ostromęckiego przy Nowogrodzkiej 11 A w Warszawie.

Ten sam adres będzie dla pana ważny, gdyby podjął pan decyzję zgodną z przedstawionymi w tym liście planami.

Piszę o tym wyczerpująco, gdyż to pierwszy i ostatni list, jaki pan ode mnie otrzymuje nie tylko w tej sprawie, bo z wiosną przyszłego roku, która w Rzymie bywa kapryśna, zamykam się w eremii klasztoru Santa Lucia di Casco, w rygorze zamkniętym, w całkowitym odgrodzeniu od tego świata, którego nie żałuję.

Przeorysza otwartego zgromadzenia zakonnego San Angelo, comtessa Carla Lubraniecka, nie jest w stanie mnie przekonać, że uroda świata i życia stoi po stronie dobra, więc rezygnując z jej kontemplacji, jesteśmy po stronie zła, które tego od nas oczekuje.

Ale to niezniszczalne straszydło, dające się ciągle uwodzić przez powaby życia, nie wie, że bezużyteczność tego piękna wywodzi się z ducha istoty niewymawialnej.

Tym bardziej że czuję w sobie wzbierający i nieopanowany strumień zaniechanej w odpowiednim czasie miłości do swego ojca, za którą krok w krok, niczym jeden z odwiedzających mnie demonów, podąża ból.

Pierwsze zniszczone drugim, jakby u mego zarania stanął grzech, którego za życia nie rozpoznam.

Wracają też do mnie słowa i obrazy, jakich nie oczekuję.

Widzę prostokąt słonecznego światła na jasnej podłodze, na oścież otwarte dwudzielne drzwi, fragment werandy, niekoniecznie w naszym domu, ocieniony kasztanem, a na dzikim winie krople rosy, czuję upał lata zbliżającego się do swego szczytu, widzę jakby step odsunięty niekoniecznie nad Dniepr, a z ogrodu, parku lub pobliskiego lasu słyszę wilgę.

Jestem w biegu, młoda, chuda, zręczna, gibka, wpadam na mężczyznę, który wchodzi do saloniku z zawsze zakurzonym fortepianem, zamyka mi drogę, okręcam się wokół siebie i mu się wymykam.

Nie odwracając się, w powietrznym locie ku płytkim dolinom, za którymi są niewysokie wzgórza, i ku niewysokim wzgórzom, za jakimi są płytkie doliny, krzyczę:

Zapamiętaj mnie taką.

Nie wiem, kim był ten mężczyzna.

Moim ojcem, tragicznie zmarłym Olgierdem Lubranieckim, Walterem Nome, Efraimem Homlskim, szambelanem Nehringiem, Ławrem Vadimem znad limanów, kimś, kogo nie poznałam, a może panem, panie Stachu? A może panem?

Nie lęka mnie ten obraz ani zastanawia, lecz upór z jakim się powtarza, choć przecież go nie oczekuję, sprawia na mnie wrażenie ostatniej próby przekonania mnie do życia, które porzucam.

W eremii klasztoru Santa Lucia di Casco zachowam pana w swym sercu i proszę, by pan mi to odwzajemnił, gdyż będę tego potrzebowała.

Żegna pana przyjaciółka, służebnica Pańska, siostra w Chrystusie Panu, Olga Sewerynowicz, od wiosny 1993 roku Rafaela w najostrzejszej klauzurze.

Rzym, jesień 1992 r.